Matthias Stührwoldt

Nütz ja nix

AbL Bauernblatt Verlag

FÜR BIRTE

Vielen Dank an:

Familie
Freunde
Freundinnen
Kollegen
Mitarbeiter
Bäuerinnen
Bauern
Landfrauen
Leser
Zuhörer
Verlag
Kühe
Pferde

„Trauer" ist für Marie und Princessin: ABFFL

„Senge" ist für Senge

„Eberhard" ist für Eberhard

Lang und hoch lebe Percy Schmeiser!

Inhaltsverzeichnis

Meine Familie

Niemand weiß so genau, wo wir herkamen. Plötzlich waren wir da. Und wir waren viele, verdammt viele.

Als meine Vorfahren im Spätwinter des Jahres 1911 nach Stolpe kamen, um den elf Hektar großen Hof auf dem Kielerkamp zu bewirtschaften, muss es ausgesehen haben wie eine Völkerwanderung. Zwanzig Leute, drei Erwachsene und siebzehn Kinder, sorgten für eine gefühlte ungefähre Verdoppelung der Einwohnerschaft des bis dahin beschaulichen kleinen Dorfes.

Mein Urgroßvater Christian und seine Frau Emma waren Arbeiter auf einem Gut in der Nähe von Rendsburg gewesen. Sie hatten zusammen elf Kinder. Christian war Vorarbeiter auf dem Gut und in seiner spärlichen Freizeit ein guter Wilderer. Das Wildbret verkaufte er unter der Hand und soll sich damit der Legende nach ein nicht unerhebliches Nebeneinkommen erwirtschaftet haben. Meine Urgroßmutter Emma liebte ganz besonders den Namen Marie, weshalb sie ihre ersten beiden Töchter Marie nannte, einfach nur Marie, ohne irgendwelche Zusätze. Dem Vernehmen nach war sie nur mit Mühe davon abzubringen, auch ihre vier weiteren Töchter einfach nur Marie zu nennen.

Im Jahre 1906 starb Christian, mein Urgroßvater. Plötzlich stand Emma alleine da, aber nicht lange, denn Christians Bruder Claus, ebenfalls Arbeiter auf dem Gut, war gerade Witwer geworden, weil seine Frau, deren Name unbekannt ist und die ebenfalls Arbeiterin auf dem Gut gewesen war, sich bei Erntearbeiten ins Bein (andere Quellen behaupten: in den Arm) gesenst hatte, um anschließend an Ort und Stelle zu verbluten. Das traf sich gut; denn auf diese Weise war Claus wieder frei, und er heiratete seine Schwägerin. Gemeinsam bildeten sie eine Patchwork-Familie moderner Prägung. Er brachte fünf Kinder mit in die Ehe, darunter Detlef, Heinrich und Lene Stührwoldt, jeweils Nummer zwei, und natürlich Marie Stührwoldt, Nummer drei. Die Zeiten waren hart, die Arbeiter arm und Vornamen waren rar. Da musste man nehmen, was man kriegen konnte. Um die Verwirrung perfekt zu machen, bekamen Claus und Emma noch ein gemeinsames Kind: Erna. Ausnahmsweise die einzige. Und schon war der Überblick verloren gegangen. Keiner wusste so genau, wer jetzt alles dazu gehörte. Wer war Bruder, wer war Schwester, wer Halbbruder oder Halbschwester oder doch nur Vetter oder Base oder Onkel oder Tante? Und waren alle, die gestern dazu gehörten, auch heute wieder dabei? Oder waren es über Nacht mehr geworden? Hatte sich vielleicht irgend jemand reingeschlichen, um es auch schön warm zu haben?

Ein weiterer Bruder von Christian und Claus hieß Heinrich und war Wanderarbeiter, der zwar verheiratet war, aber nicht mit seiner Frau zusammen lebte.

Er jedenfalls wollte zur Sippe dazu stoßen. Von allen wurde er nur Onkel Hein genannt, was sich später zum einzigartigen Namen Heinunkel fortentwickelte. Er verfügte über einige Ersparnisse, die er mit in den Topf der Großfamilie warf. Man zählte das Geld, ließ das Gut gut sein, befreite sich so aus eigener Kraft aus der Knechtschaft – ein Schritt, dessen erlösende Bedeutung meinem Opa selbst über siebzig Jahre später noch Tränen der Erleichterung in die Augen zu treiben vermochte: „Endlich weer dat sowiet: Wi kreegen nix mehr op den Mors vun de Herrschaften!" – und kaufte sich im Jahre 1910 in einem kleinen Dorf auf der Geest einen Gasthof mit angeschlossener Landwirtschaft. Bald aber stellte Emma fest, dass ihre Männer die besten Kunden waren, was zwar den Verzehr, nicht aber was die Bezahlung anging. Bevor noch mehr Bier die Kehlen hinunter floss, wurde die Kneipe wieder verkauft. Der Erlös reichte gerade, um den Hof in Stolpe zu erwerben.

Ein einfacher, ärmlicher Hof mit offener Kochstelle auf der Diele im Stallbereich, mit zwei Stuben für zwanzig Leute. Dunkel erinnere ich mich an dieses Bauernhaus, welches in den siebziger Jahren abgerissen wurde. Ein wunderbarer Spielplatz, vor allem deshalb, weil das Betreten wegen akuter Einsturzgefahr streng verboten war. Heimlich krochen wir darin herum, hüpften auf den alten Betten, die dort noch standen, und kamen uns vor wie Abenteurer. Wir freuten uns, wenn man uns nicht erwischte und wenn das Haus wieder nicht eingestürzt war, während wir drinnen waren.

Ein besonderes Erlebnis für die Stührwoldt-Gören soll der erste Schultag in Stolpe gewesen sein. Mit einem Mal war die Schule voll. Voll mit Marie, Detlef, Heinrich und Lene Stührwoldts. Schon am ersten Tag kriegten sie vom Schulmeister was mit dem Rohrstock auf den Hintern, weil der sich natürlich verarscht vorkam, als er die neuen Kinder fragte, wie sie denn hießen, und jedes Mal die gleiche Antwort bekam.

Die Gören wuchsen auf, wurden erwachsen, waren fruchtbar und mehrten sich. Mein Vater muss Hunderte von Cousins und Cousinen haben. Viele blieben bei uns in der Gegend. Eigentlich bin ich mit jedem hier verwandt, und wahrscheinlich auch mit jedem anderen, überall in der Welt. Mein Vater sagte mal zu mir: „Sei freundlich zu Fremden. Sie könnten deine Brüder sein." Irgendwer meinte dazu, vielleicht habe mein Vater mich auf diese Weise über mögliche heimliche Geschwister aufklären wollen, aber ich glaube, er meinte es eher philosophisch-weltanschaulich und im übertragenen Sinne. Denn ein Schürzenjäger war er – wie ich glaube – nicht unbedingt.

Eigentlich war mein Opa Johannes gar nicht für die Hofnachfolge vorgesehen. Sein Halbbruder Heinrich sollte der neue Kätner vom Kielerkamp werden, aber er kehrte aus dem 1. Weltkrieg nicht zurück. Eine Todesmeldung ging aber auch nicht ein. Heinrich blieb verschollen; mein Opa tat die Arbeit, während alle auf Heinrichs Rückkehr warteten, bis dieser schließlich für tot erklärt wurde, damit Opa den Hof übernehmen konnte. Kaum aber war Heinrich offiziell tot, da meldete er sich aus dem Jenseits. Er war nach Amerika ausgewandert und arbeitete bei Ford in Detroit. Er wollte nur mal von sich hören lassen. Den Hof wollte er nicht mehr. Opa konnte loslegen, mit ausdrücklicher Zustimmung seines eigentlich mausetoten Bruders.

Opa heiratete 1932 die Schwester Anna der Frau Minna seines Bruders Klaus-Willi. Es musste eben alles in der Familie bleiben. Onkel Willi war mit Abstand mein Lieblingsgroßonkel, obwohl er schon drei Jahre vor meiner Geburt gestorben war. Dass er mein Lieblingsgroßonkel war, hatte zwei Gründe. Der erste war, dass Onkel Willi meinem Bruder zum zweiten Geburtstag einen stabilen Holzschlitten geschenkt hatte, den auch ich benutzen durfte, bis ich ihn rund zwanzig Jahre später beim Schlittenfahren am Steilhang im Nettelauer Wald frontal gegen einen Baum setzte. Der zweite war die Geschichte von Onkel Willi, die mein Vater immer gern erzählte, wenn er zwei Bier getrunken hatte. Bei der Hochzeit meiner Eltern, die auf dem Speicher des Bauernhofes meiner Großeltern mütterlicherseits in der Nähe Lütjenburgs gefeiert wurde, hatte Onkel Willi etwas tief ins Glas geschaut. Glücklicherweise war Tante Minna eine der wenigen Frauen, die damals schon einen Führerschein hatten. Fahren konnte sie zwar nicht so gut, aber sie freute sich jedes Mal aufrichtig und überschwänglich, wenn sie wieder unfallfrei irgendwo angekommen war. Immer, wenn ich mal bei ihr mitfuhr, fand ich es toll, wenn sie schließlich den Motor ausstellte und voller Freude rief: „Und wieder heil angekommen! Wer hätte das gedacht! Juchu!"

Tante Minna fuhr also in dieser nebligen, regnerischen Mainacht des Jahres 1962 ihren betrunkenen Mann von der Hochzeit meiner Eltern nach Hause. Sie wohnten in Sattenfelde in der Nähe von Bargteheide. Irgendwo zwischen Lensahn und Bad Oldesloe – wo genau es war, wusste sie nicht; es war ja so neblig – musste sie anhalten; denn Onkel Willi empfand das dringende Bedürfnis, die Peristaltik seiner Speiseröhre in anderer als der üblichen Richtung in Bewegung zu setzen. Er kotzte sich also ordentlich aus, kehrte ins Auto zurück, Tante Minna fuhr weiter, kam – Juchu! – heil zuhause an, und beide schliefen sich erst einmal ordentlich aus; denn sie hatten keine Kinder. Am nächsten Mittag allerdings musste Willi feststellen, dass sein Gebiss verschwunden war. Minna meinte, das könne nur an der Straße liegen, irgendwo zwischen Lensahn und Bad Oldesloe. Also fuhren sie die Strecke noch einmal ab, solange, bis sie ein Gebiss gefunden hatten. Zwar meinte Willi, das könne nicht seins sein; es drücke irgendwie so komisch, aber jedenfalls hatte er jetzt wieder ein Gebiss und benutzte es auch, mochte es nun ihm gehören oder irgend einem anderen, der sich zwischen Lensahn und Bad Oldesloe bemüßigt gefühlt hatte, den Straßengraben zu beschmutzen.

Meine Großeltern Johannes und Anna, die nun in den dreißiger Jahren auf dem Kielerkamp zu wirtschaften begannen, setzten die Tradition des Kinderreichtums meiner Urgroßeltern nicht fort. Sie bekamen die überschaubare Zahl von zwei Söhnen, die sogar, welch Luxus!, verschiedene Vornamen hatten – mein Vater Johannes, geboren 1934, und sein Bruder Hermann, geboren 1937. Heute weiß ich auch, woran diese relative Kinderarmut lag. Es gab keine Intimsphäre. Es gab eine Wohnstube, eine dem Stall abgezwackte Schlafkammer für Heinunkel und eine Schlafstube für meine Großeltern, meine Urgroßmutter und die lütten Jungs. Oma, Opa und Uroma hatten sogar ein Bett zusammen, und Uroma schlief in der Mitte. Das ist nicht gerade ein Szenario, das an einen flotten Dreier denken lässt. Nicht einmal im Badezimmer konnte man es treiben: Es gab nämlich keines. Dass Oma und Opa sich überhaupt fortpflanzten, grenzt für mich an ein Wunder. Wenn ich mir vorstelle, Birte und ich hätten unser Liebesleben in Anwesenheit meiner Mutter in die Praxis umsetzen sollen: Es wäre unmöglich gewesen. Immer hätte ich daran denken müssen, wie meine Mutter den Schwanz der Kuh beim Deckvorgang behände zur Seite zu ziehen pflegt, damit der Bulle besser trifft. Und wer weiß, was für ein Verhalten der Wunsch nach Enkelkindern bei ihr hervorgerufen hätte, in einem solchen Familienzimmer, in einem solchen Familienbett. Eine furchtbare Vorstellung, für alle Beteiligten, wie ich meine.

Mein Opa musste, auf einem Auge blind und außerdem Asthmatiker, nicht in den zweiten Weltkrieg ziehen, was für den Hof ein großes Glück war. Oma und Opa waren arm, aber sie hatten zu essen und ein Dach über dem Kopf. Auf diese Weise kamen sie relativ unbeschadet durch den Krieg, und gerne erzählt mein Vater davon, wie es war, als es mit dem tausendjährigen Reich zu Ende ging. Die Panzer der Tommies rollten durch das Dorf, und viele Jungs so wie mein Vater blieben stehen und zeigten den Hitlergruß, nicht wissend, dass das jetzt nicht mehr angesagt war. Und die entsetzten, verängstigten Eltern kloppten ihnen auf die Finger, in der Hoffnung, die englischen Soldaten hätten nichts gesehen.

Es folgten karge Jahre. Aber es war Frieden, und langsam wurde es besser. Trecker und Melkmaschine wurden angeschafft. Mein Vater sollte den Hof meiner Großeltern übernehmen. Dazu fehlte noch die passende Frau. Damals gab es „Bauer sucht Frau" noch nicht, also trieb Hannes sich auf Reitturnieren rum. Irgendwann in den fünfziger Jahren lernte mein Vater bei einer solchen Gelegenheit meine Mutter kennen, die als verwegene Reiterin im Kreis Plön nicht unbekannt war. Außerdem kam sie ganz vom anderen Ende des Kreises. Weit genug weg, um keine Cousine zu sein. Ein patentes Mädel, das es in der Umgebung von Blekendorf zu einigem Ruhm gebracht hatte, weil sie den Eber des Hofes auf der Straße zu reiten pflegte. War eine Sau im Dorf rauschig, dann trenste Thea den Eber, den einzigen des ganzen Dorfes, ritt hin, ließ ihn seines Amtes walten und ritt ihn wieder zurück. So ein Mädel fehlte in Stolpe, das spürte Hannes. Sie wurden sich einig, und im Mai 1962 heirateten sie. 1963 wurde mein Bruder Udo geboren, ein süßer Lockenkopf, von dem es ungefähr 400 Mal mehr Baby- und Kinderfotos gibt als von mir.

1965 zogen meine Eltern um; in exakt zwei komma sieben Kilometer Entfernung stand ein Hof zur Übernahme auf Leibrente an. Meine Großeltern blieben im Altenteil auf dem Kielerkamp; Hannes und

Thea gingen zum Leben und Arbeiten auf den Hof Wittmaaßen und bewirtschafteten die Flächen des Hofes Kielerkamp von dort aus mit. Sie leisteten damals eine Anzahlung von 35.000 DM auf den neuen Hof und mussten dann der alten Bauersfrau eine lebenslange Rente zahlen. Unglücklicherweise lebte die Frau noch sehr lange. Sie wurde ungefähr einhundertdreiundzwanzig Jahre alt. Es war 1986, ich weiß es noch genau, ich saß vor meinen Hausaufgaben, als mein Vater plötzlich reinkam, freudestrahlend, die Todesanzeigenseite der Kieler Nachrichten triumphierend schwenkend: „Die Alde is dot! Endlich is die Alde dot! Der Hof gehört nun uns! Jippie!" Und im Überschwang der Gefühle riss er mich vom Stuhl und tanzte mit mir ausgelassen durch mein Zimmer, sogar zu meiner Musik. Wir hörten gerade The Clash, „London Calling".

Aber halt, soweit waren wir noch gar nicht. Erst einmal wurde ich nämlich geboren, im Januar 1968. Meine Großeltern wurden alt, mein Bruder und ich, wir kloppten uns, stundenlang, tagelang, wochenlang, monatelang, jahrelang, bis er auszog. Von da an verstanden wir uns prima.

Mein Vater engagierte sich kommunalpolitisch. Er war voll CDU. Etliche Jahre lang stellvertretender Bürgermeister, vier Jahre lang auch mal Scheff vom Dorf, aber immer voll CDU. Natürlich hatten wir Stress, weil ich die Grünen wählte und mir die Haare wachsen ließ, bis ich nicht mehr aus den Augen gucken konnte, so dass Vadder immer sagte: „Bei dir weiß man gar nicht, wo vorne und hinten ist!" Ehrlich gesagt: Ich wusste manchmal selbst nicht mehr, wo vorne und hinten war. Es ging oft hoch her zwischen meinen Eltern und mir, und mehr als einmal sagte meine Mutter im Streit zu mir: „Du bringst uns noch ins Grab!" Das war gerade die Zeit, in welcher meine Eltern nach und nach ihre eigenen Eltern ins Grab zu bringen hatten, ruhig, still und voller Würde, wie ich fand, und ich begann zu begreifen, dass genau das irgendwann meine vornehmste Aufgabe sein würde. So bitter das klingt, aber so schön auch. Das ist der Weg. So soll es sein. Denn nichts ist schlimmer – glaube ich – als seine Kinder beerdigen zu müssen. Daran zerbrechen die Leute oft wie Splintholz.

Aber noch sind alle an Deck. Meine Eltern halten sich noch gut, mein Bruder und ich, wir kloppen uns jetzt nicht mehr; seit elf Jahren schon mache ich jetzt den Hof und habe ihn noch immer nicht in die Grütze gefahren, und zu allem Überfluss fand ich eine wunderbare Frau, die es mit mir auszuhalten bereit war und ist. Seit über neunzehn Jahren sind Birte und ich ein Paar; seit über achtzehn Jahren verheiratet. Wir haben da nicht lange rumgeeiert. Bringt ja auch nichts, wenn man in solchen Dingen lange rumeiert.

Und wir waren fruchtbar und mehrten uns. Wir haben fünf Kinder, fünf tolle Kinder. Das erste nannten wir, einer alten Familientradition folgend, Marie. Auch alle weiteren Kinder, auch die Jungs, wollte ich ebenfalls Marie nennen, aber Birte legte ihr Veto ein. Schade auch. Fünf Marie Stührwoldts in der Schule, das wäre echt der Bringer gewesen! Da hätte der Schulmeister aber ein Auge gerissen!

Grüne Laternen

Buchengrün
Ende April
frisch und zart
an einem lichten Tag

wenn die Sonne in die Blätter scheint
so dass sie leuchten
von innen heraus

wie grüne Laternen stehen
die Buchen dann
am Straßenrand Spalier
beleuchten sich selbst
und die Welt

sie sehen so freundlich aus
dass ich unwillkürlich
lächeln muss
beim Vorbeifahren

Oma

(Die Kuh)

Es ist jetzt vierzehn Tage her, dass ich Oma verkaufte. Nicht meine richtige Oma – die kann ich nicht mehr verkaufen, die ist seit fast siebzehn Jahren tot. Nein, es geht um Oma, die Kuh. Sie war die zweitälteste Kuh in unserer Herde, fast vierzehn Jahre alt. Geboren, als meine Eltern hier auf dem Hof noch Bauer spielten. Sie gehörte zu den Jahrgängen namenloser Kühe, bevor ich 1999 wieder anfing, den Kuhkälbern Namen zu geben. Obwohl sie niemals die älteste Kuh der Herde war – Schwarzer ist noch mal ein Jahr älter und kein bisschen großmütterlich – wurde Oma schon früh Oma genannt. Warum das so war, kann ich im Nachhinein nur vermuten. Wahrscheinlich hing das erstens mit einer gewissen charakterbedingten Gelassenheit zusammen, die sich mit zunehmendem Alter zu einer ausgewachsenen Behäbigkeit entwickelte, zweitens mit der schieren Größe ihres tief hängenden Euters, dessen bloßes Vorhandensein ihr einen langsamen, schaukelnden Gang verlieh. Sie wackelte beim Gehen wie meine richtige, menschliche Oma. Vielleicht rührt ihr Name daher.

Oma war eine der ersten Starken, die kalbte, nachdem ich den Hof von meinen Eltern übernommen hatte, im Juli 1998. Zusammen mit einer anderen Starke, die wegen ihres üblen, gewalttätigen Wesens bald den

Namen „Schwatter Dübel" bekam, hatte sie am selben Tag auf der Weide im wundersamen Depenauer Moor gekalbt. Nur mit Mühe hatten wir Mütter und Töchter einfangen können. Dann banden wir die Starken im ansonsten sommerlich leeren Anbindestall an und ließen die Kälber lose im Stall laufen. Abends wollte meine Mudder mal prüfen, ob die Euter der Starken in Ordnung waren. Wenig später kam sie ordentlich verwirrt und kuhscheißebesprenkelt auf allen Vieren aus dem Stall gekrabbelt. Sie lallte etwas von „Junge Junge hebbt wi lacht!" und grinste hilflos. Sie war von einer der Starken K.O. gehauen worden. Mudder hatte einen Filmriss. Sie konnte sich an nichts erinnern. Bis heute ist ungeklärt, welche der Starken zugetreten hatte, der Schwatte Dübel oder Oma. Die damals freilich noch nicht Oma hieß.

Als Milchkuh war Oma im Rahmen unserer Herde guter Durchschnitt. Sie war, was das anging, ziemlich unauffällig. Sie wurstelte sich so durch, war manchmal etwas fußlahm, aber das Euter war immer gesund, und nach dem Kalben wurde Oma immer ratz-fatz wieder trächtig, was mit Sicherheit auch auf ihr offensives Bullverhalten zurückzuführen ist. Da legte sie jede Behäbigkeit, jede Zurückhaltung ab. Wie eine Wilde besprang sie und ließ sich bespringen. Ihr Euter pendelte dabei hypnotisch, und die jeweiligen Zuchtbullen – es müssen während ihres Lebens etwa sechs bis acht gewesen sein – fingen an, vor Geilheit zu sabbern. Sind halt auch bloß Männer, die Bullen.

So ging es bis zum letzten Jahr. Ihre Milchleistung wurde geringer, ihr Euter immer größer und ihre

Langsamkeit vor allem beim täglichen Kühe Holen manchmal unerträglich. Nur, wenn sie bullte, kam sie noch aus sich heraus. Eigentlich wollte ich sie da schon nicht mehr zum Bullen lassen, aber ihr dreiwöchentlich immer wieder kehrendes Bölken, Aufspringen und Rumtoben ging mir bald so auf die Nerven, dass ich doch das Gatter zur Bullenbox für sie öffnete. Dankbar muhte sie mich an.

Als sie nun in diesem Sommer gekalbt hatte, wurde sie ernsthaft krank. Milchfieber, eine heftige Euterentzündung und massive Kreislaufprobleme, selbst, nachdem die Milchfieberbehandlung schon angeschlagen hatte. Der Tierarzt hörte sie ab und diagnostizierte jetzt, nach knapp vierzehn Jahren Lebenszeit, noch einen angeborenen Herzfehler. Er sagte kopfschüttelnd: „Ob sie durchkommt, weiß ich nicht. Ihre Chancen stehen fifty-fifty. Bestenfalls. Das Auge ist schon ziemlich weit weg" Als ich sie am Strick von der Weide holte, brach sie einmal zusammen. Aber sie stand wieder auf.

Nach drei Tagen Intensivstation in der Krankenbox war Oma über den Berg. Das Auge war wieder da; sie begann zu fressen. Nach etwa einer Woche habe ich sie zum ersten Mal wieder gemolken. Ein halber Liter. In den kommenden Wochen verfünffachte sie ihre Milchleistung auf sensationelle zweikommafünf Liter pro Melkzeit.

Ihre Milch sah nicht gut aus. Schon bevor die monatliche Milchkontrolle dran war, wusste ich, dass ihre Milch nicht zur menschlichen Ernährung geeignet war. Da Oma außerordentlich gerne Milch soff, was für ausgewachsene Kühe einigermaßen ungewöhnlich ist, haben wir ihr dann täglich zwei Mal zweikommafünf Liter hinten abgemolken, die Milch in einen Eimer gefüllt und ihr vorne wieder zu saufen gegeben. Immer exakt zweikommafünf Liter. Oma funktionierte wie ein Durchlauferhitzer. Milch vorne rein, Milch unten wieder raus. Wahrscheinlich immer dieselbe Milch.

Nach einigen Wochen, in denen sich an der Milchmenge nichts, aber auch gar nichts änderte, kam ich zu dem Schluss, dass eine solche Milchviehhaltung nicht gerade ein überzeugendes Geschäftsmodell darstellt, und ich beschloss, Oma zum Schlachten zu verkaufen. Vorher bullte sie noch einmal, und ich ließ sie durch zum Bullen. Wenn sie doch sterben musste, so wollte ich ihr eine kleine Freude gönnen. Sollte sie doch ihren Spaß haben. Als der Bulle aufsprang, stand sie unverrückbar, wie ein Findling. Ein großer, schwarzbunter Findling mit einem riesigen Euter.

Alle unsere Kühe sind halfterführig. Manche mehr, manche weniger. Je älter die Kühe werden, desto halfterführiger werden sie, weil sie die Situation einfach besser einschätzen können. An jenem Morgen, als ich Oma zum letzten Mal molk und mit der eigenen Milch tränkte, habe ich ihr gleich nach dem Melken ein Strickhalfter gemacht. Ich führte sie zum LKW des Viehhändlers, der schon auf dem Hof wartete. Voller Vertrauen lief sie hinter mir her, bis wir den LKW erreicht hatten.

Als wir an der Rampe standen, wollte ich Oma das Transponderhalsband ab- und sie dabei noch einmal in den Arm nehmen, zum Abschied. Aber sie war stinkig auf mich. Sie wollte sich nicht drücken lassen. Ich bin sicher: Sie wusste, wo es hinging. Beleidigt guckte sie mich an. Dieser Blick tat weh.

Wieder einmal hatte ich dafür gesorgt, dass eine Kuh, die unsere Herde über lange Jahre geprägt hatte, sterben musste. Wieder hatte ich das Gesicht der Herde entscheidend verändert. Ich war dafür verantwortlich, dass Oma ermordet wurde. Ich hatte sie ans Messer geliefert, und ich hatte es für Geld getan. Himmel, fühlte ich mich elend. Einige Tage lang. Dann kam der Scheck, und es wurde etwas besser. Bis zum nächsten Mal.

Schleswig-Holstein

Im Vorbeifahren sehe ich
drei dürre Jungs
die sich vom Frontlader des Treckers
den sie sich an ihren Badeplatz gestellt haben
völlig sorgenfrei und sorgenlos
ohne Unterlass
jubelnd
kopfüber in die Sorge stürzen

die Sonne scheint
es ist Sommer und
sie sind glücklich

jedenfalls
sehen sie so aus

Der kleine Traktorist

Es war ein sonniger Tag im Frühjahr. Ein Sonntag. Wir wollten Steine sammeln. Die ganze Familie, und nicht nur die. Nicht nur meine Eltern, mein Bruder und ich. Es waren mehr Leute da. Freunde meiner Eltern, die selbst keine Bauern waren. Und Freunde meines etwa zehnjährigen Bruders, die sich ein kleines Taschengeld verdienen wollten. Ich war mit Abstand der jüngste von allen. Fünf Jahre alt. Eigentlich untauglich zum Steine sammeln, aber wo sollte man schon hin mit mir? Also kam ich mit zum Acker dicht beim Haus. Im quietschbunten Licht der Frühjahrssonne fuhren wir zum Feld. Ich saß verkehrt herum auf dem Beifahrerkotflügel, hielt mich am Haltebügel fest und ließ meine mit Karosocken und braunen Sandalen bekleideten Füße über den Rand nach außen baumeln. Dazu machte ich mit meinen Lippen ein Treckergeräusch, welches nicht einmal ich selbst hören konnte; denn der blöde Trecker war so laut.

Zuerst saß ich auch während des Steine Sammelns auf dem Beifahrerkotflügel, aber nach einer Weile meinte mein Vater, er müsse die Sammelleistung der Belegschaft erhöhen und selbst mit gutem Beispiel vorangehen. Also stand er – selbstverständlich während der Fahrt – vom Fahrersitz auf, hob mich vom Kotflügel auf den Sitz, sagte mir, ich solle mich am

Lenkrad fest halten, gut fest halten, und zeigte mir schließlich einen Punkt irgendwo am anderen Ende der Koppel, am Horizont sozusagen: „Darauf fährst du zu!" Dann sprang er ab und fing an, Steine zu sammeln. Und ich war allein, allein auf dem Trecker, dessen zirka 22 PS starker, durchzugskräftiger, wütender Motor enthemmt und ungezügelt brüllte.

Nach einigen Augenblicken völliger Panik beruhigte ich mich etwas. An Kupplung, Bremse und Gas kam ich nicht ran, denn meine Beine baumelten in der Luft. Halb so schlimm; wir waren ja am Steine Sammeln, das hieß: Standgas im langsamsten Gang. Mit grob geschätzten unglaublichen zwei Stundenkilometern brauste ich über die Koppel und versuchte, meinen Blick auf den fernen Punkt am Horizont zu fixieren, den mein Vater mir gezeigt hatte. Leider war mir die Stelle schon wieder entfallen – die Knicks und Zäune und Hügel sahen irgendwie einfach überall gleich aus. Aber selbst als ich versuchte, auf irgend eine Stelle zuzulenken, eine Stelle, die ich mir in meiner Not ersatzweise ausgesucht hatte: Es war unmöglich. Es sollte noch lange Zeit vergehen, bis die Servolenkung an Ackerschleppern Einzug in den landwirtschaftlichen Alltag hielt. Ich konnte am riesigen Steuerrad herumreißen, wie ich wollte: Das Ding bewegte sich einfach nicht, und ich eierte auf dem Feld herum wie ein ausgebrochenes Jungrind, nur eben auf Rädern und viel, viel langsamer.

Meinem Vater blieb das natürlich nicht verborgen. Jedes Mal, wenn er bemerkte, dass ich wieder vom rechten Weg abgekommen war, ging er zum Trecker.

Er blickte mich kurz an, schimpfte aber nicht, denn er wusste, dass ich noch reichlich klein zum Trecker fahren war. Er nahm einfach das Vorderrad in seine großen, kräftigen Hände und riss es herum, zurück in die Spur. Mein kleiner, dicker Vater war so wahnsinnig stark! Er lenkte den Trecker einfach von unten! Das Lenkrad drehte sich dann oben und verknotete meine Arme. Schließlich hatte Vater mir befohlen, mich fest zu halten, gut fest zu halten. Von Loslassen war nicht die Rede gewesen.

Derart eingedreht, hatten meine Arme ebenso wie eingedrehte Schaukelseile natürlich den Drang, sich wieder zu entwirren. Dabei entwickelten sie solch eine Eigendynamik, dass der Trecker, kaum hatte mein Vater seine Richtung wieder korrigiert, sofort erneut auf die schiefe Bahn geriet. So pendelten wir über den Acker, der Trecker und ich, bis mein Vater am Ende der Koppel (die Fachleute sagen Vorgewende oder Voracker dazu) kurz auf die Zugmaschine gesprungen kam, um eine 1-A-Wendung ohne anzuditschen hinzulegen. Jetzt ging es in die andere Richtung, und das Pendelspiel ging von Neuem los, zurück über den Acker.

So blieb es auch für den Rest des Nachmittags; denn der Vormittag war längst zu Ende gegangen. Im Grunde machte es keinen Unterschied, ob ich auf dem Trecker saß oder nicht. Mein Vater konnte den Trecker fahren, eigenhändig, ohne drauf zu sitzen, ohne einen Gedanken an die Berufsgenossenschaft zu verschwenden. Keine Frage, er war ein Superheld. Der unglaubliche Ranchman. Ich war stolz auf ihn, den stärksten Mann der Welt.

Rechtzeitig zum Kaffee brachten wir das Steine sammeln in Würde zu Ende. Die Erwachsenen freuten sich darüber, wie tapfer ich das Steuerrad gehalten hatte, und noch heute sind meine Arme von erstaunlicher Elastizität.

Ein Wiedersehen

Manchmal begegne ich früheren Kumpels, die ich lange nicht gesehen habe. Eine Zeit lang gingen wir fast gemeinsam durchs Leben, dann verloren wir uns aus den Augen, und wenn wir uns wieder treffen, ist es oft seltsam, wie weit uns das Leben auseinander katapultiert hat. Der eine wird fett so wie ich; der andere wird kahl; manch einer wird beides. Manch einer fängt an zu spinnen – mein Freund Ulli sagt: „Der hat einen Fisch quer im Arsch, ne ganze Forelle" – und manch einer ist schlicht und einfach fertig.

Neulich traf ich Aggi. Wir spielten zusammen Jugendfußball im Verein. Aggi war unser Torwart und ein Supertyp. Er hatte einen trockenen Humor, ein spitzbübisches Grinsen und war ungeheuer schlagfertig. Im Feiern war er ganz groß. Wo Aggi war, herrschte gute Laune, obwohl sein Vater ein Säufer war. Über ihn redete Aggi nie, niemals.

Als die Zeit des Jugendfußballs vorbei war, riss der Kontakt zwischen Aggi und mir ab. Er wurde auch Bauer so wie ich. Er Stahlbetonbauer, ich Kuhbauer. Aggi zog ins Nachbardorf. Jahrelang sah ich ihn nicht. In der Zwischenzeit starb sein Vater. Er hatte sich regelrecht totgesoffen. Verzweifelt hatte er versucht, seine Sucht geheim zu halten, doch alle wussten Bescheid. Überall im Dorf hatte er in den Hecken und

Knicks Schnapsdepots angelegt. Noch heute, mehr als zehn Jahre nach seinem Tod, finde ich gelegentlich halbvolle Kornbuddeln von ihm im Busch. Jeder von uns hinterlässt seine Spuren auf der Welt.

Irgendwann hörte ich, Aggi ginge es nicht gut. Er habe seine Arbeit verloren, weil er dem Alkohol verfallen sei, genau so wie einst sein Alter. Er wohne wieder bei seiner Mutter, in seinem Elternhaus, in unserem Kaff, das wir gemeinsam hassten und liebten. Dann sah ich ihn gelegentlich mit dem Fahrrad durchs Dorf fahren. Unglaublich, er fuhr noch immer sein cooles Jugendrad mit dem hochgebogenen Lenker. Ich grüßte. Er grüßte. Im Vorbeifahren sah er gar nicht so schlecht aus.

Vor ein paar Tagen fuhr ich vormittags mit unserem Pickup durchs Dorf. Ich kam gerade von meiner Kuhkontrolltour durchs Moor, da bemerkte ich eine Bewegung am Rande des Bürgersteiges hinter der Leitplanke. Ich hielt an und sah nach. Es war Aggi. Er lag unter seinem coolen Rad und konnte nicht mehr aufstehen. Natürlich war er genau in Hundescheiße gefallen. Wer am Bürgersteig fällt, landet immer in Hundescheiße.

„Aggi, was ist los?" „Ach, Matthias, kannst du mir helfen? Ich komm nicht hoch..." „Komm, Aggi, ich bring dich nach Hause." Vorne in seinem Mund gab es keine Zähne mehr. Seine Haut war wächsern und blass, sein Blick gebrochen. Akut oder chronisch, das wusste ich nicht. Er schlug die Augen nieder. Ich lud sein Rad ein, dann half ich Aggi hoch und brachte ihn zu meinem Wagen. Natürlich fürchtete ich, er würde die Sitze mit Scheiße verschmutzen, aber ich gab mir einen Ruck und beschloss, das zu ignorieren. Sein Leben ist verpfuscht, und ich rege mich über mein armseliges Auto auf. Sofort hasste ich mich auch für diesen selbstgerechten Gedanken. Es geht einem immer bloß um einen selbst. Das ist das Problem. Das und nichts anderes.

Wir saßen im Wagen, und er begann zu erzählen. Er war beim Ein-Euro-Job gewesen. Einer hatte Geburtstag, und da haben sie gefeiert. „Morgens um sieben haben wir angefangen, und jetzt, um halb elf, hab ich sieben Promille! Sieben ist meine Glückszahl, Matthias!"

Beim Haus seiner Mutter angekommen, stieg Aggi aus und schlug sofort lang hin. Zum Glück nicht auf die Gehwegplatten, sondern mit dem Kopf auf den Rasen. Da öffnete seine Mutter die Tür, sah mich traurig an und sagte: „Das ist nett, Matthias. Wo hat er denn heute gelegen?" Aggi zog sich an mir hoch und hielt sich an mir fest, und ich brachte ihn rein. „Schlaf dich erst mal aus, Mann.", sagte ich mutlos. Und er erwiderte: „Vielen Dank, Matthias. Grüß deine Frau und deine Kinder. Und ich werde mich erkenntlich zeigen. Ich geb mal einen aus."

Seine Mutter schüttelte den Kopf, und ich fühlte mich so hilflos wie noch niemals zuvor. Sie schloss die Tür, und mir stiegen Tränen in die Augen. Einen kurzen Augenblick stand ich ratlos da und grübelte, dann riss ich mich los. Schließlich hatte ich für den Tag noch einiges auf dem Zettel.

Grübeln aber tu ich immer noch. Aggi tut mir leid, obwohl ich weiß, dass dieses Gefühl falsch ist. Es hilft weder ihm noch mir. Aber ich weiß auch nicht, was ich stattdessen fühlen soll oder tun kann. Also mach ich es wie alle. Ich versuche, Aggi zu vergessen. Bis er mir wieder vor die Füße fällt. Vielleicht gibt er dann einen aus.

Einstweilen frage ich mich, wie man sehenden Auges durchs Leben gehen kann, ohne zum Zyniker zu werden. Eine Antwort erwarte ich nicht. Sie würde mir nicht gefallen.

Raps

Jedes Jahr im Mai
manchmal auch schon im April
versucht der Raps uns weis zu machen
er sei eine Blume

verschwenderisch und schwer
nicht gerade subtil
schleudert er uns
seinen lieblich duftenden Gestank entgegen

während der Blütezeit ist
Schleswig-Holsteins Landschaft
gelb gesprenkelt

die Leute lieben das
alles so schön bunt hier

ich aber finde
es sieht aus
als habe ein gigantisches
an einer Diarrhöeerkrankung leidendes Weltraumkalb
uns mit hohem Druck
durch ein riesiges feines Sieb
mit leuchtendgelbem Durchfall beschissen

der Raps ist keine Blume

geht zum Acker
wenn die Blüte vorbei ist
atmet tief ein und
ihr werdet es riechen

der Raps ist keine Blume
der Raps ist Kohl
nichts als Kohl
stinkender Kohl

keine Blume

Kleine Katastrophen

Als Lehrherr gibt man das ja nur ungern zu, aber ich war kein billiger Lehrling. Ich hatte mit der Technik so meine Probleme. Manchmal blieb sie heil, manchmal ging sie kaputt, aber immer hatte ich Probleme mit ihr.

Das fing schon in der ersten Woche meiner Ausbildung an. Ich sollte Gülle fahren. Der Güllewagen musste von oben befüllt werden, und ich konnte mir einfach nicht merken, dass ich dazu zunächst das Schott oben am Güllewagen öffnen musste. Am ersten Tag vergaß ich das gottverdammte Schott drei Mal. Mein Chef hatte den Schalter für die Güllepumpe so angebracht, dass der Lehrling, betätigte er den Schalter und hatte das Schott zuvor nicht geöffnet, sofort eine zünftige Gülledusche erhielt. Die Technik blieb heil, nur ich hatte viel fiese Arbeit – Gülle vom Hofplatz spülen, Güllewagen und Trecker waschen – und keine Freunde mehr, weil ich wochenlang nach Gülle stank. Aber ich lernte daraus. Unser Güllepumpenschalter zuhause befindet sich hinter einer Mauer. Man steht geschützt.

Weiterhin hatte ich Schwierigkeiten mit Anbaugeräten. Waren sie zu breit, schliff ich sie an seitlich gelegenen Hindernissen wie Hallen, Knicks oder Telegraphenmasten auf ein handhabbares Maß von etwa 2,89 Meter zurecht.

Ein besonderes Problem waren Anbaugeräte, deren Bedienelemente in der Treckerkabine befestigt wurden. Mein erstes traumatisches Erlebnis hatte ich diesbezüglich, als ich den Claas-Ladewagen meines Chefs zur routinemäßigen Wartung nach Lütjenburg in die Werkstatt brachte. Ein Landmaschinengeselle der Werkstatt zeigte mir in der Halle, wo ich den Ladewagen hinstellen sollte. Am richtigen Platz angekommen, begann der Geselle, den Ladewagen abzubauen. Er hatte schon das Stützrad runtergedreht und den Federbolzen des Schlepperzugmauls gelöst, da kam der Meister angelaufen und rief, der Ladewagen müsse wieder raus aus der Halle, erst müsse eine dringende Treckerreparatur erledigt werden. Also drehte der Geselle das Stützrad wieder etwas hoch, schloss den Zugmaulbolzen jedoch nicht, im Vertrauen auf den eigentlich manchmal recht zuverlässigen Federmechanismus, der beim John Deere meines Chefs allerdings kaputt war, was ich auch gerade vergessen hatte. Ich fuhr den Trecker samt Ladewagen rückwärts aus der Halle heraus. Das Außengelände der Landmaschinenfirma war zur Straße hin etwas abschüssig. Am Abstellplatz angekommen, trat ich auf die Bremse, woraufhin die Deichsel des Ladewagens aus dem Zugmaul sprang. Der Ladewagen fiel runter aufs Stützrad und rollte gemächlich, aber unaufhaltsam rückwärts Richtung Straße, während der Geselle panisch umherlief und wild herumschrie. Ich starrte derweil auf das elektronische Hi-Tech-Bedienelement des Ladewagens, welches noch in meiner Treckerkabine befestigt war. Die Drähte und Schläuche, die das Bedienelement mit dem Ladewagen verbanden, wurden straffer und straffer. Sie machten ein surrendes Geräusch, welches mit zunehmender Straffheit immer höher wurde. Für einen Augenblick rollte der Ladewagen langsamer rückwärts, und ich hoffte, er würde, gebremst durch das Bedienelement, zum Stehen kommen, da barsten sämtliche Schläuche und Drähte mit einem unvorstellbar punkigen Sound. Ich bekam eine wunderbare Hydrauliköldusche, und der Ladewagen gewann an Fahrt. Er rollte rückwärts das abschüssige Betriebsgelände herab, dann quer über die Straße. Da gerade kein Auto kam, durchbrach er den Jägerzaun des Nachbarn gegenüber und kam in dessen Vorgarten zum Stehen. „Boah, was für ein Stunt!", dachte ich. Und es wurde hektisch. Zum Glück nahm der Geselle und damit die Landmaschinenfirma dieses Unglück auf die eigene Kappe, und ich war aus dem Schneider. Am nächsten Tag sollte das Silofahren los gehen. Um das zu gewährleisten, wurde ein Claas-Ladewagenspezialchirurg mit dem Helikopter aus Harsewinkel eingeflogen. Er operierte die ganze Nacht lang, und am nächsten Morgen war der Ladewagen fertig. Wir konnten los legen, mit nagelneuer elektronischer Bedienung. Mein Chef war mir sehr dankbar.

Wenige Wochen später fuhr der Chef mit seiner Familie in den Urlaub. Ich hatte die Farm für mich alleine, und eigentlich sollte ich nur Stalldienst machen. Eifrig, wie ich war, dachte ich, ich könne gut noch einen Kipper Kies holen. Also stellte ich den großen Siloschneider, der zuvor am Trecker gewesen war, auf dem Hofplatz ab. Leider vergaß ich, das Bowdenzug-Bedienelement des Siloschneiders aus der Kabine zu entfernen. Als ich am Kipper ankam, stellte ich fest, dass ich den Siloschneider den ganzen Weg an den Bowdenzügen hinter mir her geschliffen hatte. Und ich hatte mich schon gewundert, was da einen solchen Krach machte hinter mir. Deshalb hatte ich ordentlich Gas gegeben, um von diesem Lärm wegzukommen. Nun sah ich die Bescherung, und ich schämte mich. Ich stellte den Siloschneider wieder hin, baute ihn an und fuhr zu der nämlichen Landmaschinenfirma. Der Chef war ja in Urlaub, und ich wollte ohne sein Wissen und auf eigene Rechnung den Siloschneider reparieren lassen. Das teilte ich auch dem dortigen Meister mit. Der sah sich den Schaden an, dann überlegte er einen Moment, blickte mir lange und ernst in die Augen und sagte: „Wir reparieren das, aber nur, wenn dein Bauer die Rechnung bezahlt. Wenn er einen Lehrling hat, dann muss er mit so etwas rechnen. Und schließlich kann er nur in Urlaub fahren, weil du da bist. Dann muss er auch mal bluten." So, wie er das betonte, war klar, dass er keinen Widerspruch duldete. Dafür war ich im Nachhinein sehr dankbar, denn wie ich später fest stellen konnte, sollte die Reparatur etwa das Dreifache meines Monatslohnes kosten.

An die Worte dieses Landmaschinenschlossermeisters habe ich noch oft gedacht. In den letzten drei Jahren sogar sehr häufig; denn ich habe die Seiten gewechselt. Zum ersten Mal hatte ich einen Lehrling. Spezi, ein Junge aus unserem Dorf, hat auf unserem Hof eine dreijährige, von der Arbeitsagentur geförderte Ausbildung zum Werker in der Landwirtschaft absolviert. Vor wenigen Wochen hatte er seine letzte Prüfung, die er mit einem ausgezeichneten „Ausreichend" bestand.

In der Zeit, die Spezi hier auf dem Hof verbracht hat, gab es viele kleine Katastrophen. Obwohl er sehr viel mehr technikbegeistert ist als ich, hat auch er so seine Probleme mit ihr, der Technik. Ähnliche Probleme wie ich damals. Vor allem mit der Arbeitsbreite.

Ich habe viel gelernt in den drei Jahren mit Spezi. Zuerst und vor allem lernte ich SMS lesen und schreiben. Das konnte ich vorher nicht. Zwar haben meine großen Kinder immer wieder versucht, es mir beizubringen, aber stets verlernte ich es sofort wieder, weshalb die Gören mich schon in ein Heim für Demenzkranke abschieben wollten. SMS hatten in meinem Alltag einfach keinerlei Bedeutung, deshalb wurde alles SMS-Wissen prompt gelöscht. Als Spezi seine Ausbildung bei uns begann, wusste ich gerade mal, dass es da so etwas wie kurze Textnachrichten gab und dass man sie SMS nannte.

Das änderte sich schnell, da SMS Spezis bevorzugtes Kommunikationsmittel sind. Es kam vor, dass Spezi mir von der Werkstatt zum Kuhstall eine SMS schrieb. Er hätte auch rufen oder dreißig Schritte gehen und mit mir reden können, aber das war zuviel Stress. Lieber mit dem äußerst muskulösen Daumen eine Nachricht schreiben. Wichtige Sätze wie zum Beispiel: „Wann gibt Mittag?"

Vor allem Hiobsbotschaften erhielt ich von Spezi vorzugsweise per SMS. Das hatte er von seiner ersten Freundin gelernt, die nach drei Tagen via Handy Schluss mit ihm gemacht hatte, weil sie und er sich langsam auseinander gelebt hatten. Spezis Gedanken, die Vorteile von Schadensmeldungen per SMS betreffend, waren sicher folgende: Der Meister liest erst mal, wird sauer, antwortet, aber brüllt mich nicht an, und bis ich ihm unter die Augen trete, ist der erste Zorn verraucht.

Ich habe viele wunderbare SMS von Spezi bekommen, eine schöner als die andere. Meine absolute Lieblingsnachricht, gespeichert bis in alle Ewigkeit, lautet wie folgt: „Das Mähwerk ist kaput. Bin gegen eine Tanbaum gefahren." Abgesehen davon, dass es erstaunlich war, wie billig die Reparatur werden sollte (70 Euro bei Dorfschlosser Dedel), finde ich die SMS bis heute erstaunlich; denn es wird aus Spezis Schreibweise nicht deutlich, ob es sich um einen Tannenbaum handelte oder um einen Tarnbaum, also einen möglicherweise so gut getarnten Baum, dass er auf der Weide einfach nicht zu sehen war, so dass Spezi also gar nichts dafür konnte und den Baum einfach ummähen musste. Wie ich dann feststellen konnte, war es in der Tat eine Tanne, die dem Weihnachtsbaumalter deutlich entwachsen war. Mit ausgehobenem Mähwerk hatte Spezi sie in ein Meter Höhe schlicht und einfach abgemäht. Als ich das sah, wollte ich sofort meine Motorsäge verkaufen und fortan mit dem Kreiselmäher Holz machen. Den Rahmen ein bisschen verstärken, und dann los! Das schafft mehr als so eine olle Motorsäge.

Eine weitere lustige SMS bekam ich einige Wochen

später. Spezi war gerade mit der Scheibenegge bei der Stoppelbearbeitung. Er schrieb: „Ähem, bin mit der Ecke gegen Hochspannungsmist gefahren." Wieder ein schöner Schreibfehler. Sekunden später eine zweite SMS: „Mast ist noch heil. Ecke auch noch fast." Dedel reparierte zum Einheitspreis: 70 Euro.

Nummer drei in der ewigen Rangliste meiner Lieblingskurznachrichten von Spezi: „Kipper kippt nicht. Dabei geb ich orntlich Gas! Knackt nur komisch." Juhu, kann ich da nur sagen. Ordentlich Gas, alle vier Bolzen drin, und der Kipper voll mit feuchtem, schwerem Mutterboden. Als ich zur Koppel kam, war der Anhänger irgendwie viel kürzer und viel schiefer als zuvor. Er sah aus wie ein postmodernes Kunstwerk, eine Stahlskulptur von der Art, wie sie oft auf Bahnhofsvorplätzen vor sich hin rosten. Diese Reparatur war selbst bei Dedel deutlich teurer als 70 Euro.

Soviel zu den kleinen Katastrophen bei der Arbeit mit Spezi. Immer wieder musste ich an die Worte des Landmaschinenschlossermeisters aus Lütjenburg denken: „Wenn er einen Lehrling hat, muss er mit so etwas rechnen." Er hatte ja recht, aber manchmal hasste ich ihn dafür. Trotzdem schwieg ich meist und bezahlte die Rechnungen. Nur einmal noch, gegen Ende von Spezis Lehrzeit, verlor ich die Fassung. Ich schrie: „Sag mal, Spezi, weißt du eigentlich, was das alles kostet? Du bist fast fertig mit der Lehre und machst nur noch Bruch!" „Wieso Bruch?", fragte Spezi mit erstaunlicher Ahnungslosigkeit. Und ich zählte ihm die kleinen landtechnischen Katastrophen der letzten Wochen auf, unter anderem ein abgefahrenes Stützrad des Ladewagens. Da hakte Spezi ein: „Das Stützrad, das zählt nicht! Das war keine Absicht!"

Jetzt erst wird mir so einiges klar. Dass ich da nicht vorher drauf gekommen bin!

Kadaver im Sommer

Immer hatte ich mich
für hartgesotten gehalten

schon während der Ausbildung
musste ich die totgeborenen Zwillingskälber
aus dem Stall räumen
weil der Chef da nicht gegenan kam

und es macht mir wenig aus
halbtote Babykatzen zu erschlagen
um ihr Leiden zu beenden

aber neulich
im Sommer
das war doch zuviel

eine alte
noch namenlose Kuh
Nummer Zwei
hatte in der Wiese gekalbt

ich holte sie heim
es ging ihr nicht gut
Milchfieber und Lungenentzündung

der Tierarzt kam und behandelte sie

noch während das Calcium in ihre Vene lief
verendete sie

sie starb in meinen Armen
an einem Freitag
mittags um zwölf
bei dreißig Grad

der Abdecker würde erst am Montag kommen
und ich wusste
es würde eklig werden

ich machte ihr eine lange Kette um die Beine
und zog sie mit dem Trecker
hinter den Knick

am Wochenende sah ich dann von weitem zu
wie sie wuchs und wuchs
bei dreißig Grad

am Montagmorgen fuhr ich wieder hin
und zog sie
die grausam entstellte
unvorstellbar stinkende
Nummer Zwei
zurück zum Hof
damit der Abdecker sie abholen konnte

zum Glück war die Kette lang

zurück auf dem Hof
musste ich noch die Kette von ihren Beinen
entfernen

da lag sie
sie schwebte fast
so voller Gas war sie

ich hielt die Luft an
lief hin
und wollte die Kette lösen

es klappte nicht sofort
ich musste Luft holen
und taumelte zurück
kurz vor der Ohnmacht

niemals zuvor
hatte ich so etwas gerochen
niemals wieder
wollte ich so etwas riechen

meine Mutter hatte mich beobachtet
aus der Milchkammer

sie kam angewackelt
in ihrem arthritischen Schongang
ging sie geradewegs
zu Nummer Zwei
nahm die Kette ab
warf sie mir hin und rief
„Ji hebbt all noch nix mitmaakt int Leven!"
und wackelte zurück

während ich noch stand
und um Luft rang
kam der Abdecker
klappte seinen Kran aus
ließ Nummer Zwei
in den Anhänger plumpsen
zog die Handschuhe aus
und machte erst mal
Frühstück

Niemals anhalten!

Rund die Hälfte meines Dauergrünlandes liegt im Depenauer Moor. Feuchtgrünland. Zum Teil sogar Nassgrünland an der Schwelle zum Erlenbruch. Dort zu wirtschaften ist schwierig und geradezu eine Wissenschaft für sich. Aber es ist auch wunderschön.

Wenn ich im Sommerhalbjahr einmal täglich zu meinen Jungtieren ins Moor fahre, dann genieße ich das sehr. Die Stille, der Lärm der Autobahn weit weg, und ich höre nur den Wind, der in den Blättern der Bäume rauscht wie ein Meer. Mit einem Eimer Getreideschrot steige ich über den Zaun. Die Tiere blicken auf, erkennen mich und rennen los. Ich höre das Getrappel ihrer Hufe, und je näher sie kommen, desto mehr schwingt der Moorboden unter mir wie ein riesiges Trampolin. Ich meine, gleich abzuheben. Zu schweben. Wenn nur die Bremsen nicht wären. Man muss auf der Hut sein, im Moor. Sonst zerstechen einen die gestreiften Mutantenbremsen, bis man aussieht wie ein Streuselkuchen.

Beim Treckerfahren im Moor gibt es eine goldene Regel: Niemals anhalten! Das gilt insbesondere, wenn der Trecker mit schweren Anbaugeräten ausgestattet ist. Schon beim Mähen im Moor meint man, immer eine kleine Grasnarbenbugwelle vor sich herzuschieben. Bleibt man stehen, beginnt der Trecker langsam, aber unaufhörlich einzusinken. Ein Durchbrechen der Reifen muss unter allen Umständen vermieden werden, sonst wird es nass und schmutzig und vor allem mühsam. Wenn man seine Landmaschinen behalten und nicht etwa zwecks eines Versicherungsbetruges versenken will.

Gülle fahren im Moor ist nur etwas für Spezialisten. Es geht auch nicht in jedem Jahr, aber wenn der Boden beispielsweise nach einer ausgeprägten Vorsommertrockenheit und des Einbringen des ersten Grünlandschnittes gut befahrbar ist, dann müssen die moorigen Schnittflächen schon gerne mal ein wenig begüllt werden, damit das Gras wieder wächst. Spezi war im dritten Lehrjahr. Ich dachte, er sei Spezialist genug, und schickte ihn zum Gülle fahren ins Moor. Vorher zeigte ich ihm noch einmal die ganz besonders nassen Stellen im Moor. Die sollte er meiden. Leider vergaß ich, ihm noch einmal die goldene Regel einzuschärfen, die, wenn man mit einem vollen 7000 Liter- Güllewagen unterwegs ist, sogar die diamantene Regel ist: Niemals anhalten!

Spezi war schon unterwegs. Ich versuchte, ihn anzurufen. Wahrscheinlich sah er meine Nummer im Display und dachte: „Oh, der Scheff. Gib bestimmp Mecker wegen irgenwas. Geh ich wohl besser nich ran." Also schickte ich ihm eine SMS: „Nicht anhalten im Moor! Immer fahren!"

Als Spezi die SMS bekam, war er schon im Moor. Gerade wollte er anfangen, die Gülle auszustreuen, da vibrierte es in seiner Hosentasche. Er hielt an, holte sein Handy raus, las meine Nachricht und antwortete:

„Geht klar, Scheff", während hinten die Reifen des Güllewagens elegant in die Grasnarbe eintauchten. Da wurde mir zum ersten Mal klar: SMS sind gefährlich.

Der Güllewagen saß fest, richtig fest. Es war großes Kino und von der Bundesstraße aus sehr gut zu sehen, wie wir dann mit einem Güllewagen des Nachbarn hingefahren sind, um den unsrigen in zwei Etappen leer zu pumpen, um Ballast los zu werden und den natürlichen Auftrieb zu fördern. Anschließend zogen wir den Güllewagen mit zwei großen Treckern raus aus dem Modder. Wunderschöne Bilder. Auf der Bundesstraße gab es einen Gafferstau. Wegen Gülle, wegen nichts als Gülle.

Spezi hat ebenso daraus gelernt wie ich. Halte niemals an. Schreibe niemals SMS. Vor allem: Lese sie nicht. Jedenfalls nicht im Moor, jedenfalls nicht auf dem Trecker. Denn SMS sind gefährlich.

Die Modderlunke, die von diesem Tag im Moor geblieben ist, heißt heute: Spezi-Gedächtnis-Loch.

Zarteste Versuchung

Niemals werde ich vergessen

wie wir uns einst verabschiedeten
auf unserem Hof
neben dem Auto
im milden Regen
einer dunklen Septembernacht

ich beugte mich zu dir herunter
du umarmtest
und ich streckte mich

so schwebtest du an mir
leicht wie eine Feder
und wir drehten uns
in einem taumeligen Tanz

niemals werde ich vergessen

Der dreckige Engel

Sommer in den achtziger Jahren. Sonne, baden in unseren Seen, laue Nächte am Ufer, billiges Bier und Stroh fahren. Vor allem Stroh fahren. Was haben wir doch für unglaubliche Mengen Stroh eingefahren, bei uns und unserem Nachbarn. Zehntausende kleiner Hochdruckballen wurden von uns Jungs in den dunklen Tiefen der gnadenlos heißen Strohböden verstaut, vermauert. Eine Lage längs, nächste Lage quer, wieder längs, wieder quer, bis unters Dach. Halten musste es, und eben musste es sein. So dass man immer drauf liegen und knutschen konnte, ohne dass es unbequem wurde.

Hans-Peter, unser Nachbarbauer, war immer mit dabei. Meine Eltern und er arbeiteten damals eng zusammen, vor allem bei der Heu- und Strohernte. Hans-Peter hat auch Milchkühe, und damals hatten wir die Hochdruckballenpresse, die mein Vater im Schlaf bedienen konnte. Wir pressten auch bei Hans-Peter; dafür half er uns beim Einfahren.

Strohfahren bei Hans-Peter war immer ein besonderes Erlebnis. Er lebte damals allein, ein echter Junggeselle; seine Eltern wohnten im nahe gelegenen Altenteil. Es gab – das fand ich damals ungewöhnlich – also keine Bauersfrau, die mich und meine Kumpels, die auch bei uns immer beim Stroh fahren halfen und die ich einfach mit zu Hans-Peter schleppte, in den Arbeitspausen versorgte. Stattdessen kriegten wir wunderbare Junggesellenversorgung gestellt. Schokolade, Chips, Würstchen, Cola und nach Feierabend Bier, Bier, Bier und Cola mit Springer Urvater. Nein, falsch: Es war Springer Urvater mit Cola. Die war wichtig für die Farbe. Wenn es ein Mischgetränk war, was man trank, dann musste es dunkel sein.

Allein schon das Tischdecken, wie Hans-Peter es zelebrierte, war ein Genuss. Er legte viel Wert aufs perfekte Ambiente. Wir saßen am Tisch, Hans-Peter stand am Küchenschrank, holte einen Stapel Teller heraus und verteilte sie, als sei er mit Karten geben dran, von dort, wo er stand, mit kleinen, eleganten Schwüngen aus dem Handgelenk heraus. „Schiss-la-mäng" nannte er das. Meist blieben die Teller am Rande des Tisches stehen, nachdem sie ein gutes Stück über die glatte Tischplatte geglitten waren. Nur selten hatte Hans-Peter zu viel Schwung. Dann mussten wir, die wir am Tisch saßen, die Teller fangen. Oder die Gläser, die Messer, die Gabeln. Alles, was man so brauchte an Hardware auf dem Tisch. Wichtiger allerdings war die Software. Windows. Mit Bier dahinter.

Später, im nächsten Jahr, war Hans-Peter frisch verliebt. Seine Freundin Ursel, die sommerlich leicht bekleidet durchs Haus zu huschen pflegte, war schon bei ihm eingezogen. Saßen wir dann zusammen, turtelten Hans-Peter und Ursel in einer Tour miteinander herum. Sie sprachen nur in Andeutungen und Anspielungen und kicherten dabei wie die Teenies. Es ging nur ums Ficken. Neidisch guckten wir Jungs uns an.

Wir konnten es nicht abwarten. Wann war es endlich so weit? Für uns?

Hans-Peter hatte den gleichen Trecker wie wir. Fendt Farmer 108LS, mit Frontlader. Unser großer Fendt war vor der Presse. Mit den kleinen Fendts fuhren Hans-Peter und ich die Strohhänger immer leer zum Acker und voll wieder zurück zu unseren Höfen. Wir bekamen das Stroh damals immer vom benachbarten Gutsbetrieb, dessen einzelne Schläge oftmals größer waren als unsere beiden kleinen Farmen zusammen. Insgesamt hatten wir sieben Strohanhänger. Wenn das Stroh fahren los ging, brachten wir immer erst mal alle leeren Hänger zum Acker. Oft genug fuhren wir, um Touren zu sparen, mit drei, Hans-Peter manchmal auch mit vier leeren Hängern hinter dem Trecker. Ihm fehlte nur noch der berühmte Aufkleber: „Aufgepasst, Damen, meiner ist 25 Meter lang!"

Als wir einmal wieder am Fahren waren – ich hatte gerade zwei volle Strohanhänger hinter dem Fendt – da merkte ich plötzlich, dass mein Gespann so komisch am Rumeiern war. Ich hielt an, stieg aus und guckte nach. Der zweite Strohanhänger hatte ein Rad verloren, hinten rechts. Es war einfach weg. Der Anhänger hatte eine beeindruckende Schlagseite und drohte umzukippen. Ich stand da, grübelte und kratzte mich am Kopf. Ich hatte kein Werkzeug dabei. Ich wusste ja nicht einmal, wo der fehlende Reifen war.

Da kam Hans-Peter angefahren. Mit dem gleichen Fendt wie ich, auch mit zwei vollen Anhängern dahinter. „Was los?", grinste er: „Hast du ein Rad verkauft oder was?" „Nö. Vielleicht haben sie das geklaut, die

Schweine. Was jetzt?", fragte ich. „Ich helf dir", sagte Hans-Peter: „Ich bin der gelbe Engel." Er zögerte und sah sich seinen Trecker genauer an: „Nein, ich bin der grüne...na ja, eher der dreckige Engel." Und er fuhr langsam dicht hinter meinen zweiten Strohanhänger, bis die Schwinge seines Frontladers im Gitter des Strohwagens steckte. Dann hob er an. Ächzend richtete sich der Anhänger wieder auf. „Und ab nach Hause!" „Wie jetzt? So?", fragte ich ungläubig. „Der dreckige Engel macht niemals Witze.", antwortete Hans-Peter. Also stieg ich auf und fuhr los. Langsam zuerst, aber es ging total gut. Unsere Trecker waren exakt gleich schnell, wie wir jetzt feststellen konnten. Die Strecke war eben und gerade. Wir gaben Gas. Der Fahrtwind wehte mir ins Gesicht. Ein geiles Gefühl. „Yeeehaa!!", brüllte ich: „Meiner ist 32 Meter lang!!!"

Wir kamen ohne weitere Zwischenfälle zuhause an. Keine geklauten Räder. Keine Polizeikontrolle. Kein Motorradfahrer, der sich beim Überholen zwischen uns drängen wollte. Nur bei Hans-Peters Hofeinfahrt, als wir um die Kurve mussten, wurde es etwas knifflig. Wir meisterten auch diese Hürde ohne Probleme, denn mit seinem Fendt konnte Hans-Peter um; das musste man ihm lassen. Und für ihn war das Hinterrankommen ungleich schwerer als für mich das Um-die-Kurve-Fahren. Ich fuhr einfach drauf los, so wie immer. Sollte er da hinten doch sehen, wie er damit zurecht kam. Er kam zurecht. Ein Virtuose, ein Genie. Der Paganini der landtechnischen Improvisationskunst.

„Oh dreckiger Engel!", rief ich, als wir auf Hans-Peters Hof angekommen waren: „Vielen Dank! Was kriegst du dafür?" „Bei Gelegenheit kannst du mir den Trecker waschen.", sagte er. „Aber dann bist du ja gar kein dreckiger Engel mehr!", gab ich zu bedenken: „Aber wenn du unbedingt willst, mach ich das, bei Gelegenheit."

Das ist jetzt etwa 23 Jahre her. Irgendwie hatte ich noch keine Gelegenheit. Hans-Peters Trecker ist immer noch dreckig. Irgendwo in Osteuropa oder Afrika oder so.

Wie in einer Sänfte

Als ich meinem Vadder neulich im Melkstand noch einmal erzählte, wie das damals gewesen war mit Hans-Peter als dreckigem Engel, da überlegte er kurz und sagte: „Das ist doch noch gar nichts! In dem Fall hattet ihr ja noch Räder. Da fehlte ja nur eins. Das fällt ja kaum auf!" Er setzte eine Kuh an und beschloss dann, beim Melken eine kurze Pause zu machen, um sich ganz aufs Erzählen zu konzentrieren.

Er holte tief Luft und fing an: „Du weißt ja, Hans-Peter und wir, wir hatten mal einen Viehwagen zusammen. Einachser. Fünf Starken gingen da rauf, oder vier Kühe. Und wir haben die Tiere damals auch immer gemeinsam von der Weide geholt. Einmal, im späten Herbst, wollten wir die letzten drei Starken von Hans-Peter reinholen. Die standen in Löptin auf der Koppel. Wir also dahin, beide mit dem Frontladerfendt, Hans-Peter mit dem Viehwagen hinter, ich mit dem Kipper, für die Wagenburg. Das Einfangen war auch kein Problem. Aber als wir von der Koppel fahren wollten, machte es auf einmal..." – Vadder machte eine Kunstpause, sammelte sich und brüllte – „KLENGKLENGBROOCH! Und die Achse, die ganze Achse war unter dem Viehwagen rausgebrochen und kullerte den Hang hinunter! Die Starken standen jetzt ein ganzes Ende tiefer. Hans-Peter und ich, wir guckten uns an, und ich fragte: Watt nu? Erst meinte Hans-Peter: Denn treckt wi ehr so na Hus! Aber das sind sechs Kilometer, da hätten wir die ganze Straße kaputt gemacht. Hans-Peter sagte: Lat mal kieken, ob de Frontlader dat böhrt! Und ich fuhr von hinten ran, hakte mit dem Frontlader unter und hob an. Er schaffte es. Ich fuhr ihn hoch, bis der Fußboden vom Viehwagen in der Waage war, und dann gings los. Wie in einer Sänfte trugen wir die Starken von Löptin nach Stolpe. Seitdem weiß ich: Man braucht nicht unbedingt Räder fürn Anhänger. Geht zur Not auch ohne!"

Er grinste. Ich hatte inzwischen wieder eine Reihe Kühe ausgemolken und fragte: „Seit ihr den Sandweg gefahren?" „Nee!", antwortete Vadder, „Das war uns zu uneben. Wir haben lieber die Bundesstraße genommen." „Und, alles glatt gegangen?" „Klor. Alles gut. Bloß gehupt haben die Schweine. Und uns nen Vogel gezeigt. Aber das ist ja normal. Polizei haben wir jedenfalls nicht getroffen. Seine Starken in der Sänfte spazieren zu fahren, ist ja wohl auch nicht verboten, oder? Und bei Hans-Peter gabs dann noch nen schönen Grog. Hach, das waren noch Zeiten!"

Vadder hatte seine Erzählung beendet und begann wieder zu melken. Ein Viehwagen ohne Räder, davon hatte ich auch noch nichts gehört. Damals brauchte man für einen Anhänger noch nicht einmal irgend etwas, das sich dreht. Man fuhr einfach los; irgendwie würde es schon funktionieren. Das waren noch Zeiten!

Gut Lindau Vol.2

Unglaublich
sie haben es tatsächlich getan
sie haben das Herrenhaus abgerissen

man fährt an der Baumreihe entlang
die Anhöhe hinauf

ganz automatisch
und von den längst verblichenen Baumeistern
genau so beabsichtigt
blickt man zwischen den Scheunen hindurch
über das Rondeel hinweg
dorthin
wo lange Zeit das Gutshaus stand
schlicht und weiß und elegant
morbid charmant

aber da steht nur ein Bagger
ein riesiger Bagger

und das Haus ist weg
einfach weg

nenn es fortschrittlich
nenn es ökonomisch

ich nenn es herzlos

Oma

(Die Oma)

Meine Großeltern väterlicherseits habe ich sehr geliebt. Mein großer Opa und meine kleine Oma, sie waren wunderbar. Sicher, wahrscheinlich hatten sie einige kleine Macken, aber wer in aller Welt hat die nicht? Oma und Opa waren großartige Großeltern. Ich schwöre: Sogar ihre Macken waren toll.

Oma hatte, im Rückblick betrachtet, zwei besonders erwähnenswerte Macken. Macke Nummer eins war Omas übertriebene Sparsamkeit, die so weit ging, dass es gut möglich war, dass man die Schachtel Pralinen, die man ihr zum Geburtstag geschenkt hatte, zum eigenen Geburtstag anderthalb Jahre später wieder zurück geschenkt bekam.

Oma wurde 85 Jahre alt. Trotz ihrer besonders ausgeprägten Sparsamkeit hat sie ihren letzten Geburtstag groß gefeiert, was sehr ungewöhnlich war. Vielleicht ahnte sie, dass es ihr letzter Ehrentag sein sollte.

Mit unseren Kindern hatten wir eine Zeit lang die Verabredung, dass sie zu ihrem Geburtstag so viele Freunde einladen durften, wie sie alt wurden. Diese goldene Regel hat Oma bis zu ihrem letzten Geburtstag befolgt. Sie wurde 85, und sie feierte mit 85 Gästen bei Schlüters Gasthof in Wankendorf. Kurz gesagt: bei Gustav. Sinnigerweise in der Bauernstube.

Es wurde ein schönes Fest. Die ganze noch lebende Verwandtschaft war gekommen. Geschwister, Schwager, Schwägerinnen, Kinder, Enkel, sogar die ersten Urenkel. Hinzu kamen Freunde, Nachbarn, gute Bekannte. Sogar Erwin Wendik, der Bürgermeister, war da. Es gab Mittag, Kaffee und Kuchen, und wir alle sangen für Oma ein Geburtstagsständchen. Alles war gut. Oma saß strahlend inmitten ihrer Lieben wie eine freundliche, kleine, runzlige Hexe und freute sich still.

Wenige Wochen später geschah ein Unglück, das direkt mit Omas Sparsamkeit zu tun hatte. Sie lebte damals bei meinen Eltern im Bauernhaus. Nach dem Tod meines Opas im Dezember 1987 hatten Mudder und Vadder Oma zu sich genommen. Die kleine, hutzlige Altenteilerkate stand nunmehr leer. Meine Eltern zogen mit ihrem Schlafzimmer in den ersten Stock, in mein ehemaliges Jugendzimmer, und Oma richtete sich im freigewordenen Ehebettzimmer meiner Eltern ein. Abgesehen von ihren chronischen Problemen mit offenen Beinen und einer demzufolge eingeschränkten Mobilität und ihre Trauer um Opa außer acht lassend, erfreute sich Oma eigentlich einer recht guten Gesundheit. Aber wenige Wochen nach ihrem 85. Geburtstag im Oktober 1992 stürzte Oma schwer. Meine Eltern waren zum Melken im Stall; im Haus herrschte Dunkelheit, und Oma musste auf die Toilette. Dazu musste sie von ihrem Zimmer aus durch Flur, Küche, Waschküche hindurch zum Badezimmer. Es ist ein altes Bauernhaus mit ordentlichen Türschwellen zwischen allen Räumen. Trotzdem fand

Oma, es sei reine Verschwendung, das Licht anzuschalten, wenn sie mal musste. Also tastete sie sich langsam im Dunkeln von Zimmer zu Zimmer, bis sie ihr Ziel erreichte. Bis zu einem Abend im November 1992, da stolperte sie über die Schwelle zwischen Flur und Küche. Sie fiel, kugelte sich die Schulter aus und brach sich einige Rippen. Sie kam ins Krankenhaus und nie wieder auf die Beine. Ihre Verletzungen verheilten nur schlecht; ihr Lebensmut schwand zusehends. Im Dezember kehrte sie bettlägerig aus dem Krankenhaus zurück und wurde fortan von meinen Eltern, vor allem von meiner Mutter gepflegt. Wir hofften auf Genesung, aber Oma hatte schlicht und einfach keinen Bock mehr. Um den Jahreswechsel 1992/93 war klar, dass es mit ihr langsam zu ende ging. Aber sie konnte nicht in Frieden sterben. Noch nicht. Da war eine Sache, die ihr Kopfzerbrechen bereitete.

Oma spürte selbst, dass ihr Ende langsam kam. Und sie wollte ja auch nicht mehr leben; sie war müde. Doch es gab ein Problem. Oma fand, dass sie die Verwandten, Bekannten, Nachbarn und Freunde wenige Wochen zuvor anlässlich ihres Geburtstages bei Gustav schon ausgezeichnet bewirtet hatte. „De hebbt all rieklich Kaffee und Koken hatt!", sagte sie. Der Gedanke, dass all diese Leute, die ja mutmaßlich auch zu ihrer Beerdigung kommen würden, im Rahmen der Trauerfeier beim Leichenschmaus schon wieder Kaffee und Kuchen bei Gustav kriegen sollten – dieser Gedanke passte Oma gar nicht in den Kram. Sie sagte: „De sünd ja noch satt vunt letzte Mol! De schütt nich all wedder wat hemm!" Und sie wälzte sich grübelnd in ihrem Sterbebett hin und her, wohl wissend, dass eine Beerdigung ohne Kaffeetafel auch schlecht möglich war. Sie quälte sich, und sie konnte die Augen nicht schließen, bis meine Eltern eines Tages vorsichtig andeuteten, man könne bei Omas Trauerfeier vielleicht ausnahmsweise auf die Ausrichtung eines Leichenschmauses verzichten. Das war Musik in Omas Ohren, und wenig später, im Februar 1993, starb sie friedlich in jenem Raum, in dem Birte und ich heute schlafen.

Wenige Tage später wurde Oma beerdigt. Wie üblich gab es bei Gustav anschließend Kaffee und Kuchen, und ich hoffe sehr, dass Oma uns das nicht übel nimmt.

Soviel zu Omas Sparsamkeitsmacke. Macke Nummer zwei war ihr Unterhemdgebot. Oma lebte ihr Leben sicherlich nach mehreren Geboten, aber das alleroberste Gebot war das Unterhemdgebot. Zu jeder Jahreszeit, bei jedem Wetter hatten Kinder Unterhemden zu tragen, die erstens lang genug sein mussten und zweitens überall fest in der Hose zu stecken hatten. Wäre es nach Oma gegangen, so hätten Kinder im Sommer beim Plantschen im See Unterhemden tragen müssen, schön ordentlich in die Badehose gestopft. Und was konnte Oma sauer werden, wenn sie eines ihrer Enkelkinder ohne Unterhemd erwischte! Das gab dann aber richtig Ärger!

In den späteren Jahren meiner Jugend war ich so dressiert, dass ich, wann immer ich wusste, ich würde Oma über den Weg laufen, mein einziges Schiesser-Doppelfeinripp-Unterhemd, das ich noch besaß, aus dem Kleiderschrank holte und es anzog, genau darauf achtend, dass es auch überall schön in der Hose steckte. Nie traf ich Oma, ohne dass sie meinen Pulli anhob zwecks strenger Kontrolle der Einhaltung des Unterhemdgebotes. Selbst auf ihrem Sterbebett unterbrach sie kurz ihr Grübeln über die eventuell mögliche Absage des Leichenschmauses, um ihren Arm auszustrecken, mein Sweatshirt anzuheben und kurz zufrieden zu lächeln, bevor sie sich wieder ihren düsteren Gedanken widmete.

Ehrlich gesagt, ich weiß nicht, was Oma heute machen würde, bei all den Mädels, die völlig unabhängig von Figur und Witterung, durch keinerlei ästhetische oder gesundheitliche Bedenken beeinträchtigt, ständig bauchfrei durch die Gegend rennen. Wahrscheinlich hätte Oma in ihrer Handtasche immer einen Zwanzigerpack Nierenwärmer mit Klettverschluss dabei, um die bloßen Bäuche ratz-fatz, ritsch-ratsch schnell im Vorbeigehen zu bedecken.

Ich werde es nie erfahren; denn Oma ist schon lange tot. Eines aber weiß ich mit Sicherheit. Bedenkt man Omas Hartnäckigkeit, mit der sie die Einhaltung ihres Unterhemdgebotes einforderte, und berücksichtigt man die große Zahl ihrer Enkel und Urenkel, so wird eines klar. Wäre Oma nicht gestorben: Schiesser wäre niemals pleite gegangen.

Nütz all nix

Nütz all nix

sagte mein Vater im Melkstand
als zum wiederholten Male
innerhalb weniger Wochen
ein Elternteil eines meiner Schulfreunde
gestorben war

Nütz all nix
nu sind wi an de Tour

und seine Augen wurden feucht

Ein Wunder

Es ist schon einige Jahre her. Es war, bevor ich den Hof übernahm. Damals, vor etwa einem Dutzend Jahren, bewirtschafteten meine Eltern noch unsere kleine Klitsche, und ich war nichts als ein Hiwi nach Feierabend und am Wochenende; denn ich arbeitete hauptberuflich als Erzieher in einer integrativen Kindertagesstätte, deren Existenz ich meine Ehe verdanke; denn dort lernte ich im Jahre 1989 die Liebste kennen. Seither weiß ich, dass es auch für junge Bauern immer gut ist, mal für ein paar Jahre etwas ganz anderes als Landwirtschaft zu machen. Anderenfalls würde ich jetzt vielleicht bei „Bauer sucht Frau" den Deppen der Nation geben.

Es war Spätherbst oder Frühwinter, ganz wie man will. Es hatte geschneit. Wir wollten unsere Kalbstarken endlich reinholen. Denn im Depenauer Moor, wo sie über Sommer liefen, war es inzwischen so nass, dass unsere Tiere von weitem wie beinamputiert aussahen, so tief eingesunken standen sie immer im Morast.

In jenen Jahren hatten wir immer hammermäßig wilde Jungtiere. Das hatten wir unserem damals ziemlich neuen Jungviehstall zu verdanken. Vollspalten; das war der letzte Schrei. Unsere Starken liefen damals lose in ihren uneingestreuten Boxen. Niemals mussten wir zwischen die Tiere, um einzustreuen oder auszumisten. Das war praktisch und arbeitsextensiv, aber in anderer Hinsicht verhängnisvoll. Denn die Tiere gewöhnten sich nicht daran, dass diese komischen Zweibeiner zwischen ihnen standen und dabei ganz harmlos waren. Unsere Starken waren scheu. Und wild.

Wenn wir im Herbst unsere Jungtiere einfangen wollten, war Abenteuer und Rodeo angesagt. Wir versuchten zwar immer, sie vorher anzufüttern und sie dann in irgendwelche Wagenburgen reinzulocken, aber manchmal rochen sie den Braten und hauten einfach ab. So auch diesmal, an diesem schneeverhangenen Samstagvormittag. Von den zwanzig Jungtieren liefen zwölf in die Wagenburg. Die hatten wir. Die restlichen acht drehten vorher ab und stoben davon, ins Moor. Wir luden erst mal die zwölf auf und fuhren sie nach Hause, um später zurück zu kommen und den Rest zu holen.

Als wir wieder im Moor ankamen, hoben die acht sofort die Köpfe und die Schwänze. Ein schlechtes Zeichen. Langsam gingen wir näher heran, um sie in Richtung der erneut aufgebauten Wagenburg zu treiben. Da hatten sie aber keinen Bock drauf. Vor der Wagenburg bogen sie, eine nach der anderen, scharf links ab und sprangen, eine nach der anderen, über das Gatter in den benachbarten Mischwald hinein. Fast alle blieben ohne Fehlerpunkte; sie hatten das Gatter nicht touchiert; sie waren im Stechen. Nur eine, eine hochtragende schwarzbunte Schönheit, war über das Gatter gestürzt und lag da jetzt, ganz allein. Ich wollte sie hoch jagen und durch das nunmehr geöffnete Gatter zurück auf die Weide treiben, aber sie blieb einfach liegen und stellte sich, einer neuen Strategie folgend, einfach tot. Ihre schauspielerische Leistung war sicher verbesserungswürdig; sie hatte den Kopf hoch, die Augen auf und sie atmete heftig, aber aufstehen? Ausgeschlossen. Sie blieb liegen, und ich hoffte, sie würde vorerst liegen bleiben. Ich lief zusammen mit meinem Vater hinter den anderen sieben her in den Wald. Die Schönheit ließen wir zurück.

Tatsächlich schafften wir es, die sieben Ausreißer aus dem Wald zurück ins Moor zu treiben. Bei einem weiteren Versuch gelang es uns sogar, sie in die Wagenburg zu hüten. Von der Schönheit allerdings fehlte jede Spur. Nachdem wir sie dort am Gatter alleine zurückgelassen hatten, musste sie irgendwann beschlossen haben, nun nicht mehr tot zu sein. Sie war aufgestanden und einfach weg. Futschikato. Wahrscheinlich versteckte sie sich im Unterholz. Wir durchkämmten noch einmal den Wald, aber von ihr war nichts zu sehen. Also brachten wir alle Tiere, die wir hatten, in den Stall, und stellten uns darauf ein, die Schönheit irgendwann extra zu holen. Wir wussten noch nicht, wie. Aber bisher hatten wir noch jedes Tier gekriegt, früher oder später. Tot oder lebendig.

Die Zeit verging. Es war der letzte harte Winter, den wir hatten. Den ganzen Dezember lang hatten wir Dauerfrost. Wir machten uns Sorgen um unsere Starke. Mein Vater hatte auf dem Besamungskalender nachgeguckt. Die Schönheit sollte bald kalben, laut Kalender am 20. Dezember. Am vierten Advent.

Ich arbeitete damals in einer Nachmittagsgruppe zur Betreuung von Schulkindern. An jedem Vormittag fuhr ich mit dem Trecker und dem Viehwagen ins Moor, in der Hoffnung, die Schönheit zu sehen. Der Jäger hatte sie schon öfter erspäht. Sie hielt sich noch immer im Wald auf. Sobald sie Menschen sah, nahm sie Reißaus. Aber sie blieb im Wald, in der Nähe des kleinen Baches, der auch bei strengem Frost offen blieb. Hier fand ich ihre Spuren, dort, wo sie immer Wasser soff. Sie selbst sah ich nie. Bis zum Morgen des 23. Dezember.

Ich hatte inzwischen Weihnachtsurlaub, und wie an jedem Tag fuhr ich mit dem Trecker ins Moor. Ich nahm mir einige Stricke, stieg aus, schwang mich über das Gatter und ging durch den morgendlichen Winterwald. Plötzlich hörte ich ein klagendes Stöhnen. Das konnte nur von der Schönheit kommen, und es hörte sich an wie eine Kuh in den Wehen. Nach kurzer Zeit hörte ich es wieder. Ich lief los, in die Richtung, aus der das Stöhnen kam. Im Unterholz lag sie und bengte verzweifelt. Mit Panik im Blick sah sie mich an und versuchte aufzustehen. Es ging nicht; denn ihr Kalb lag nicht richtig. Ich sah nur ein Vorderbein und ein Stück der Zunge des Kalbes. Sofort wusste ich, was los war. Ein Vorderbein war nicht mit in den Geburtskanal gerutscht, und jetzt verhinderte die Schulter des Kalbes die Geburt.

Ich überlegte nicht lange. Ich wusste, was zu tun war. Schnell band ich der Schönheit ein Strickhalfter um und band es an einer Moorbirke fest. Ich zog meine Jacke und den Pullover aus und versuchte, das Kalb in den Geburtskanal zurückzuschieben, soweit, bis ich das fehlende Vorderbein nach vorne holen konnte. Es war schwer. Die Kuh bengte gegenan, und das Kalb gegen die Wehen zu schieben, erschien mir fast unmöglich. Jede Wehenpause nutzte ich aus. Ich schwitzte; ich fror; ich stöhnte; ich fluchte; ich verzweifelte. Es wollte und wollte nicht gelingen.

Durch die mehr tierischen als menschlichen Geräusche, die ich bei meiner Arbeit machte, wurde der Holzfäller angelockt. Er wurde von allen nur Lumberjack genannt, weil er einige Jahre lang in Kanada im Wald gearbeitet hatte. Aus dieser Zeit hatte er die Vorliebe, auf Englisch zu fluchen. Er war nur ungern wieder zurück gekommen, um seine alten, kranken Eltern zu pflegen. Lumberjack war ein Sonderling und arbeitete nun beim großen Gut im Wald. Allein, immer allein. Jetzt kam er zu mir. Er machte keine Worte. Er sah, dass ich Hilfe brauchte, zog seine Lodenjoppe aus und packte mit an. Jetzt machten wir zu zweit leichtbekleidet hinten an der Starke herum. Das sah sicher komisch aus.

Lumberjack hatte die zwei Hände, die mir gefehlt hatten. Er drückte das Kalb zurück, und ich zog das Vorderbein nach vorn. Jetzt lag es richtig. Erschöpft sanken wir zur Seite. Die Schönheit bengte noch einmal, und das Kalb flutschte heraus. Ich lachte vor Freude; ich hatte die Starke; ich hatte das Kalb, ein Kuhkalb, und Lumberjack rieb sich die Stirn und sagte in breitestem kanadischem Englisch: „Damn! Jesus Christ!" Da wusste ich, wie das Kalb heißen würde.

Lumberjack half mir beim Aufladen der Tiere. Dann verabschiedete er sich: „So long, Bauer. Und a merry fucking christmas!" Er lachte, tatsächlich, Lumberjack lachte. Ich lachte auch, dann startete ich den Trecker. Stolz wie die Heiligen Drei Könige fuhr ich mit dem Viehwagen und meiner Beute eine Ehrenrunde durchs Dorf. Auch die Schönheit hatten wir gekriegt. Sogar lebendig, sogar mit Kalb.

Das W war gerade als Anfangsbuchstabe dran. Das Kalb nannten wir „Wunder", aber für mich hieß es Zeit seines Lebens nur: „Damn! Jesus Christ!"

Poesie

Das ist Poesie
dachte ich
als ich an einem nebligen Septembermorgen
in der Dämmerung
die Kühe zum Melken
von der Weide holte

noch sah ich keine Kuh
aber ich spürte
dass sie da waren

und ich fand einen frischen Kuhfladen
der aufgrund seiner Konsistenz
eher einem Hügel glich
dem Bungsberg nicht unähnlich
nur ohne Wald

frisch aufgetürmt
dampfte der noch warme Haufen
im fahlen Licht des Morgens

plötzlich war mir klar
woher der ganze Nebel kam

lächelnd betrachtete ich
den Kuhfladen

so viel Nebel
um so wenig Scheiße

wie im richtigen Leben
dachte ich
und

das ist Poesie

dann gab ich mir einen Ruck
und suchte weiter
nach den Kühen

Meine Lederjacke

Mit einem Mal war sie da. Niemand wusste, wem sie gehörte. Niemandem kam sie bekannt vor. Niemand kannte irgend jemanden, der jemals eine solche Lederjacke besessen hatte. Und niemand meldete sich bei mir, weil er sie vermisste.

Ich habe sie seit dem 1. Mai 1986. Am Abend zuvor hatten wir ein Maifeuer gemacht, bei uns auf dem Hof. Bei der winterlichen Knickpflege war viel Buschholz angefallen, welches wir mittels des Frontladerfendts auf der Hofkoppel zu einem großen Haufen zusammengeschoben hatten. Wir hatten die Anlage nach draußen geschleppt, Strohklappen rund ums Feuer verteilt, und wir hatten gute Laune. Die guten Leute wussten Bescheid. Wir hatten Bier. Genug Bier. Die Luft war hoch; das Gras leuchtete grün; es war mild gewesen in den letzten Tagen, so dass auch die Buchen schon erste, zartgrüne Blätter schoben. Über den Himmel zogen bunte Wolken, die wie kopulierende Tiere aussahen. Alles war von Frische und Wachstum erfüllt; es roch würzig und irgendwie fruchtbar; wir waren jung und wir waren spitz. Kurz gesagt: Es würde eine großartige Fete werden.

Und es wurde eine großartige Fete. Die Musik war laut und wild; wir tanzten ums Feuer herum, wir hörten The Clash und The Smiths und The Alarm und

Billy Bragg und wieder und wieder The Who, „My Generation". Besonders bei der Zeile: „I hope I die before I get old" grölten wir mit, so laut es ging. Und tanzten Pogo, Bauernpogo. Wir tranken Bier, und ich wurde mutig. Iris war da, die wunderbare Iris, eine Bauerntochter aus dem Nachbarort, in die ich schon lange latent verliebt war.

Iris war ein bisschen jünger. Ich war gerade achtzehn geworden; sie war süße siebzehn. Sie durfte nicht so lange bleiben, wie sie wollte. Um Mitternacht sollte sie zuhause sein. Die Party war in vollem Gange; wir waren gerade wild am Tanzen, da sagte sie: „Maddi, ich muss los! Kannst du mich bis zur Laterne bringen? Ich hab Angst im Dunkeln!"

Unser Hof liegt, abgesehen davon, dass die A 21 durch unseren Garten führt, ganz allein. Es sind rund 400 Meter bis zur Autobahnbrücke, und dann sind es noch einmal 400 Meter bis zum Dorfeingang, wo die erste Laterne steht. Diese 800 Meter wollte ich Iris noch bringen. Wir stiefelten los. Sie schob ihr Fahrrad durch die Dunkelheit, und ich ging neben ihr. Ich fand es toll, dass sie sich mit mir an ihrer Seite sicherer fühlte. Ich hatte schon ganz gut abgepumpt, wie wir damals, beeinflusst durch jahrelanges Studium der Werner-Comics, zu sagen pflegten; mir gehörte die Welt. Ich griff nach ihrer Hand, die auf dem Fahrradlenker ruhte. Sie zog sie nicht weg, bekam aber etwas Probleme mit dem Gleichgewicht. Fast wäre sie gestolpert, und ich mit ihr. Schlingernd und torkelnd erreichten wir die erste Laterne des Dorfes, und außer, dass ich ihre Hand vollgeschwitzt hatte, war noch nichts passiert. Wir standen im Lichtkegel. „Danke, dass du mich gebracht hast.", sagte sie leise. „Aber gerne doch!", antwortete ich. „Darf ich dich küssen?" Sie murmelte: „Ja nee vielleicht."

Und wir küssten uns. Ohne uns zu umarmen oder so. Nur unsere Lippen und unsere Zungen berührten sich. Himmel, küsste sie gut! Sie ließ von mir ab, aber ich wollte mehr davon. „Tschüß denn!", hauchte sie. „Warte!", rief ich: „Ich glaube, die Laterne ist kaputt!" Ich ging zur Laterne und versetzte ihr einen gezielten, kräftigen Tritt. Sie ging aus. „Mist!", sagte ich: „Da muss ich dich wohl noch zur nächsten Laterne bringen!" Iris lächelte, und wir torkelten weiter, bis zur nächsten Laterne in etwa einhundert Meter Entfernung, unter welcher wir uns noch einige Abschiedsküsse gaben, bis auch diese Laterne plötzlich ausging. Alles spielte sich genau so noch einmal ab. Und noch einmal. Und noch einmal. Und so weiter. Und so fort. Wir küssten uns; ich trat aus; wir gingen weiter zur nächsten Laterne und küssten uns wieder. Bis zum Hof ihrer Eltern gab es sechsunddreißig Laternen. Keine weniger und leider auch keine mehr.

Es hatte Stunden gedauert, und es war wundervoll gewesen. Dann standen Iris und ich vor ihrer Haustür, und wir küssten uns ein letztes Mal. Sie wollte reingehen, aber ich flüsterte: „Ich fürchte mich im Dunkeln. Bringst du mich noch ein Stück?" Doch Iris sagte: „Tut mir leid, ich würde gerne, aber ich bin viel zu spät. Meine Mutter wacht sowieso gleich auf, und dann gibt es Mecker. Gute Nacht." Sie schlüpfte durch die Haustür, und ich sah, wie im Schlafzimmer ihrer

Eltern sofort das Licht anging. Ich machte mich lieber aus dem Staub. Während ich durch die dunkle Nacht langsam wieder zurück zum Maifeuer ging, war ich hin- und hergerissen zwischen einem rauschhaften Hochgefühl und einer Sehnsucht nach Iris, die kaum auszuhalten war.

Irgendwann drehte ich einfach um und ging zurück zum Hof von Iris` Eltern. Ich wusste, wo ihr Zimmer war. Es ging nach hinten raus, zum Wäschehof. Ich wollte, um sie auf mich aufmerksam zu machen, vom Wäschehof aus kleine Steinchen an Iris` Fenster werfen, aber ich hatte meine Rechnung ohne ihre Mutter gemacht. Die Hammerwaldts hatten nämlich fünf Kinder. Fünf Töchter. Fünf ausnehmend hübsche Töchter, und Iris war die jüngste. Iris` Mutter war geübt und erfahren in der Abwehr lästiger Verehrer ihrer geliebten Töchter.

Ich ging leise über den Wäschehof. Ich hatte Glück. In Iris` Zimmer brannte noch Licht. Ich ging auf das Fenster zu, als ich plötzlich von den Beinen gerissen wurde. Die Wäscheleine war in Jünglingshalshöhe gespannt, und sie bestand aus Stacheldraht. Ich schrie auf und fiel um. Bumm. Der Hofhund bellte, und in der Küche schaltete jemand Licht an. Ich sprang auf und rannte los, nicht ohne noch einmal DNA-Spuren an den Stacheln der Wäscheleine zu hinterlassen.

Ich kehrte nicht noch einmal um. Als ich zum Maifeuer zurück kam, war es fast aus. Alle waren besoffen. Ich wollte Licht; ich wollte es brennen sehen. Ich zündete einen der Strohballen an, die rund ums Feuer lagen, und langsam fraß sich das Feuer von

Strohballen zu Strohballen, einmal ums eigentliche Lagerfeuer herum. Neben einem Ballen lag Knolle und pennte, bis ihm urplötzlich so warm geworden war, dass er ins Kühle krabbelte, wo er danieder sank und weiter schlief. Und auch ich war müde geworden. Ich guckte noch ein wenig dem Feuer zu, dann legte ich mich ins Gras und schaute hoch in den Sternenhimmel, bis ich hinüberflog in eine Welt, in der Iris und ich zusammen schlafen durften und konnten und wollten. Eine Welt ohne Wäscheleinen aus Stacheldraht, eine Welt, in der es immer noch eine weitere Laterne zum Austreten gab.

Als ich am nächsten Morgen aufwachte, im Frühnebel des ersten Maitages, übernächtigt und verkatert, hing an der Frontladerforke unseres Fendts eine braune Lederjacke. Mir war kalt. Ich zog die Jacke an. Sie passte perfekt. Wie maßangefertigt, aus einem weichen, samtigen Tier.

Jahrelang hatte ich sie an, jeden Tag. Aus Iris und mir wurde nichts, aus der Jacke und mir um so mehr. Sie erinnerte mich an diese magische Nacht, an Iris, ihre weichen Lippen und an Wolken, die aussahen wie kopulierende Tiere.

Ich habe nichts vergessen. Ich weiß noch, wie Iris roch, ich weiß noch, wie sie schmeckte, und immer, wenn ich „What difference does it make?" von The Smiths höre, kommt alles zurück. Iris verkauft heute Büromöbel in Delmenhorst, und vielleicht denkt sie manchmal an mich so wie ich an sie. Das immerhin wäre doch was.

Die Lederjacke habe ich immer noch. Neulich habe ich sie mal wieder raus geholt und anprobiert. Sie passt mir nicht mehr. Während der letzten Jahre im Schrank muss sie irgendwie eingelaufen sein.

Trauer

Es ist jetzt zwei Tage her

unsere Tochter Marie hatte sich entschlossen
ihr innig geliebtes
chronisch lungenkrankes Pony Princessin
einschläfern zu lassen
nachdem dessen Leiden unerträglich geworden war

der Tierarzt kam und hasste wieder einmal
von Herzen
seinen Beruf

es ging leider nicht schnell
Princessin tobte und
wehrte sich lange
im Kampf gegen das Gift

aber am Ende war sie tot
und Marie saß neben ihr
und weinte bitterlich

sie ist aber nicht die einzige
die trauert
die ganze Familie leidet mit ihr

und Princessins Gefährte
der schöne Wallach Satre
steht seit zwei Tagen
am Zaun des Paddocks
schaut den Spurplattenweg
zur Autobahnbrücke hinauf
und wiehert und wartet
dass Princessin endlich zurück kommen möge
von ihrem Ausritt
wie sonst auch immer

aber sie kommt nicht

Pferde

Bis vor wenigen Jahren war ich ein typischer Kerl. Reiten war für mich kein Sport, sondern nur oben drauf sitzen. Und Pferde hatte ich immer für große Nervensägen gehalten. Diese schreckhaften Mistviecher, die bei jedem kleinen Stück umherwehender Siloplane panisch durchgehen. Diese Zeitdiebe, die regelmäßig dafür sorgten, dass die Mädels, für die ich schwärmte, ihre Wochenenden auf sterbenslangweiligen Reitturnieren zubrachten. Statt mit mir in den Tag hinein zu dösen, standen sie um vier Uhr auf, um Pferdemähnen und -schwänze einzuflechten. Was für ein Kack! Wie viele Nächte mit an sich aufregenden Frauen haben diese hysterischen Zossen mir versaut! So etwa zwei bis drei bestimmt!

Meine ablehnende Haltung Pferden gegenüber änderte sich erst allmählich, nachdem die Liebste meinte, es sei soweit, wir müssten Ponys anschaffen, zuerst für unsere großen Töchter. Das war vor etwa fünf Jahren.

Inzwischen reitet die ganze Familie. Es ist ansteckend. Dieser verfluchte Virus hat uns alle erwischt. Nur unsere zweitälteste Tochter Nora, vierzehn Jahre alt und hurra! mitten in der Pubertät, scheint inzwischen drüber hinweg zu sein.

Ja, sogar ich reite. Wir haben eigens eine ausreichend stabile Friesenmixstute gekauft, die auch mich tragen kann, ohne dass die Augen aus den Höhlen quellen. Heutzutage reiten die Liebste und ich gelegentlich gemeinsam aus, und es ist wundervoll, besonders wenn ich, ebenso im leichten Sitz wie sie, hinter ihr hergaloppiere und die Aussicht genieße, aber einen Sommer lang hatte ich sogar einmal wöchentlich Reitunterricht, dienstags vormittags, in der Hausfrauenreitgruppe. Gemeinsam mit Manuela, Gaby und Birte ritt ich eine Stunde lang auf dem Vereinsreitplatz in Stolpe.

Noch nie zuvor hatte ich einen solch anstrengenden Sport betrieben. Fußball spielt sich quasi von alleine, und erst hinterher tut einem alles weh. Aber reiten? Nach jeder Stunde hatte ich Muskelkater an Stellen, von denen ich gar nicht wusste, dass ich dort Muskeln besaß. Abfällige Aussagen über den Reitsport wird man von mir nicht mehr hören. Ich bemühte mich ehrlich, aber ich machte so gut wie keine Fortschritte. Man muss auf dem Pferd so viele Sachen gleichzeitig beachten und ausführen; das können wir Männer gar nicht. Nur in einer Disziplin war ich richtig gut: im unauffällig abschlaffen. Sobald die Reitlehrerin sich einer anderen Reitschülerin zuwandte, ließ ich alle Muskelspannung aus meinem Körper entweichen und mich durchschütteln wie einen nassen Sack, um sofort wieder Haltung anzunehmen, wenn ich wieder in das Blickfeld der Reitlehrerin hineintrabte.

Heute nehme ich keinen Reitunterricht mehr, und auch zum Ausreiten komme ich nur sehr selten.

Trotzdem könnte ich mich fast als Pferdenarren bezeichnen. Das liegt vor allem an zwei Dingen.

Da sind zunächst diese unglaublich weichen, zarten Lippen, mit denen die Gäule so behutsam an einem knabbern können, dass es nichts als einfach nur kaum merklich zärtlich kitzelt. Und da ist dieser so wunderbar beruhigende, besänftigende Geruch, den das Fell der Pferde verströmt. Ich kann mir nicht erklären, wie es möglich ist, dass Tiere, deren Pisse so erbärmlich stinkt, so grandios gut riechen können, selbst wenn sie den ganzen Tag im muffeligen Stall stehen.

Jedes Mal, wenn ich Pferde füttere, und das tue ich täglich, dann vergrabe ich kurz meine Nase im Fell unserer Friesenmixstute Wubke und sauge diesen Duft ein. Ebenso wie beim Anblick einer ruhig auf der Weide liegenden, wiederkäuenden Herde Kühe weiß ich dann, dass alles gut ist und gut bleiben wird. Auf diese Weise kann einem die bloße Anwesenheit eines Pferdes über so manch einen Scheißtag hinweg helfen. Solange Pferde so riechen, ist die Welt nicht verloren.

Der Weihnachtsmann
bei Familie Krause

Meine Güte, was war Weihnachten doch öde, als wir Jugendliche waren. Jedes Jahr das gleiche Bohei, Familie, Familie, Familie. Immer die gleichen Fressen. Und, nicht zu vergessen: fressen, fressen, fressen. Lied singen, schön freundlich sein, in der heißen Stube sitzen, ohne Luft zum Atmen.

Da traf es sich gut, dass einer meiner Freunde am Heiligabend Geburtstag hatte. Siggi fand das zwar immer ein bisschen scheiße, weil es für ihn immer nur einmal im Jahr Geschenke gab, aber wenigstens hatten wir, seine Freunde, so nach der Bescherung noch einen guten Grund, aufzustehen und rauszugehen. Siggis Geburtstag war unsere Rettung. Jedes Mal an Heiligabend, einige Jahre lang. So etwa von 1983 bis 1987.

Wir trafen uns dann immer so gegen neun, halb zehn in Nettelau, in der Bude, unserem Partyraum auf dem alten Getreidespeicher, unweit des Herrenhauses, im noch nicht ausgebauten Teil des alten Wirtschaftsgebäudes linker Hand auf dem Hof. Von der Zufahrtstraße aus gesehen, gab es vier Eingänge in das große Haus. Erster Eingang Familie Krause, zweiter Eingang Familie Sievers, da lebten Siggi, sein kleiner Bruder Björn und seine Eltern, dritter Eingang Tischlerei Nettelau, der Betrieb von Siggis Vater, vierter und letzter Eingang unsere Bude, hinter einer Stalltür, und dahinter ging es eine mächtig steile schmale Treppe hinauf.

Auch an diesem Heiligabend, es muss etwa 1985 gewesen sein, trudelten einige von uns nach und nach in der Bude ein. Eigentlich fuhr ich meine Zündapp noch, wenn sie denn einmal lief, aber an diesem Tag hatte es Eisregen gegeben. Deshalb waren nicht einmal mein Bruder und seine Freundin zur Bescherung erschienen, sondern in Kiel geblieben, und ich hatte mit Mutti und Vati und Omi und Opi ganz allein auf heilige Familie machen müssen.

Ich hatte mich so bald als möglich absetzen wollen, aber mit dem Moped durfte ich wegen des Glatteises nicht fahren. Also fragte ich Mutti und Vati ganz lieb, ob ich den Fendt nehmen dürfe. Ich durfte, und es war sehr schön, ganz allein auf der dunklen Bundesstraße unterwegs zu sein, mit Allrad, Heizung, 115 PS und The Who auf Kassette.

Als ich in Nettelau ankam, hingen Siggi, Hinsch und Ulli schon in der Bude rum. Sie hatten auch schon die ersten Biere am Wickel. Hinsch, die Sau, hatte beim Maifeuer eine ganze Palette Hansa Pils gebunkert und dann vergessen. Deshalb waren wir am späten Abend der Walpurgisnacht fast verdurstet. Aber wenigstens hatte Hinsch sich jetzt an das Bier erinnert. Es schmeckte gut. Es war die Zeit, noch bevor es üblich war, Mindesthaltbarkeitsdaten auf die Bierdosen zu drucken. Also machten wir uns darum keinen Kopf und es uns gemütlich. Die beiden alten Heizlüfter glühten.

Plötzlich klopfte es unten an der Tür. Siggi rannte runter und machte auf. Draußen stand der Weihnachtsmann. Er rief: „Hoho, bin ich hier richtig bei Familie Krause? Vier Söhne? Meine Elfen sagten mir, die erste Tür sei richtig." Siggi lachte: „Ja ja, Weihnachtsmann, komm ruhig rein in die gute Stube! Wie sagt man so schön: Die letzten werden die ersten sein." „Wie bitte?" „Ach, nichts...", sagte Siggi, „komm man mit nach oben!" Und gemeinsam kamen sie die Treppe hoch. Wir hatten alles mitgehört. Es war schwer, nicht in heftiges Gelächter auszubrechen.

Der Weihnachtsmann stand jetzt in der Bude; er hatte einen riesigen, schweren Jutesack dabei, in welchem sich die großen Geschenke deutlich abzeichneten. Wir saßen auf den fleckigen Matratzen um ihn herum. „Gemütlich habt ihr es hier. Tut mir leid, dass ich so spät bin, aber das Glatteis! Sind eure Eltern gar nicht da, hoho? „Nee, nee, die machen Urlaub! Wir vier sind ganz alleine.", rief Hinsch. „Hast du uns was mitgebracht?" „Na ja, hoho, erst mal will ich hören, ob ihr mir ein wenig aufsagen könnt."

Er griff in seinen Sack und holte das erste Paket heraus. „Dieses Geschenk ist für Tobias. Wer ist Tobias?" Ulli meldete sich. „Und, kannst du mir etwas aufsagen, Tobias!" „Klar!", sagte Ulli. Und er fing an:
„Lieber guter Weihnachtsmann,
komm mit den Geschenken ran,
gib mir Bier und gib mir Wein,
sonst schlag ich dir die Fresse ein."

Wir lachten. Der Weihnachtsmann guckte erst etwas komisch, dann sagte er: „ Hoho, ein kleiner Witzbold! Aber es reimt sich so schön. Hier, Tobias, dein Geschenk. Und immer schön artig sein!" Ulli ging hin, nahm das Geschenk, schüttelte es erwartungsvoll, machte währenddessen einen Knicks, drehte sich um und warf sich auf die Matratze. Sofort fing er an, das Geschenk auszupacken.

Gespannt guckte der Weihnachtsmann in die Runde. Wieder wühlte er quälend langsam in seinem Sack. Er holte ein Paket raus, las den Namen und fragte: „Wer von euch ist Sebastian?" Siggi meldete sich. Schnell sagte er: „Ich kann auch was aufsagen!" Und er hob an:

„Lieber guter Weihnachtsmann,
gib mir was, sonst bist du dran,
gib mir Cola, gib mir Rum,
sonst bring ich dich, ich schwör`s dir, um."

Der Weihnachtstyp erschrak ein wenig, aber er behielt die Fassung. „Na, ihr seid ja richtige Dichter! Hier, Alter, hoho, dein Geschenk!" Siggi holte sich das Paket, während Ulli mit dem Auspacken fertig geworden war und rief: „Ich fass es nicht! Lego-Technik! Der Kran! Geilo!" Und Ulli riss die Packung auf und fing an zu bauen, während Siggi sein Paket schüttelte. Es klang auch nach Lego, und ein Strahlen der Vorfreude ging über sein Gesicht.

Der Weihnachtsmann wühlte wieder in seinem Sack. Er holte ein weiteres großes Paket heraus und fragte: „Wer von euch heißt Johannes?" Hinsch meldete sich und fing sofort an:

Lieber guter Weihnachtsmann,
ich will heut Nacht noch etwas Fun!
Leg mir ein Mädel in die Falle,
sonst mach ich dich ganz einfach alle!"

Hinsch grinste und guckte beifallheischend in die Runde. „Hoho!", rief der Weihnachtsmann. „Wohl etwas nassforsch, wie?" „Aber immer doch!", gab Hinsch zurück, ging zum Weihnachtsmann und riss ihm das Geschenk aus den Händen. Siggi baute schon an seinem Lego-Technik-Motorrad, während Hinsch in Null komma nichts sein Paket aufriss und sich mit dem Bau eines Geländewagens, ebenfalls aus Lego-Technik, zu beschäftigen begann. Die drei Freunde waren mit einem Mal sehr still. Voll konzentriert arbeiteten sie, auf den Matratzen liegend, an ihren Modellen.

Nur ich war jetzt noch über. Fieserweise fragte der Weihnachtsmann mich jetzt: „Na, und wie heißt du?" Das war gemein; ich hatte doch keine Ahnung, wie die Krause-Jungs hießen. „Freddie", sagte ich schnell, weil mir kein anderer Name einfiel, ich aber gerade auf das Queen-Poster an der Wand blickte. „Hier steht aber Jürgen drauf!", sagte der Weihnachtsmann. „Ja, ähem, das ist richtig, ääh, meine Freunde nennen mich Freddie, du darfst Jürgen zu mir sagen." Siggi lachte los, und der Weihnachtsmann fragte: „Und, Jürgen, hast du auch ein Gedicht für mich?"

Das war schwer. Mit Sprache konnte ich einfach

nicht um. Panisch suchte ich in meinem Kopf nach einem Reim. Ich fing an zu stammeln:

„Lieber guter Weihnachtsmann,
komm mit den Geschenken ran!
Gib mir Cola und Pernod,
sonst hau ich dich ganz einfach tot."

„Au!", rief der Weihnachtsmann. „Das kann ich nicht gelten lassen. Das hatten wir eben doch schon so ähnlich. Und dann noch so ein schräger Reim! Nö." Und er ließ das Geschenk wieder in seinen Sack gleiten. „Weihnachtsmann, warte! Ich versuch`s noch mal!", rief ich schnell. Und fing noch einmal an:

„Lieber guter Weihnachtsmann,
jetzt zeige ich dir, was ich kann!"

„Zu spät!", sagte er, drehte sich um und ging. Aber kurz vor der Tür hielt er noch mal an, holte mein Geschenk raus, legte es auf den alten Teppich und fragte: „Sagt mal, seid ihr eigentlich Vierlinge?" „Nee, Drillinge!", rief Siggi. „Freddie war nur die Nachgeburt, aber irgendwie hat sie überlebt." Ulli, Hinsch und Siggi lachten hysterisch. Ich grinste gequält. Der Weihnachtsmann verabschiedete sich und ging, und ich machte mich über das Lego-Technik-Paket her. Ich hatte tatsächlich den Trecker gekriegt. Welch ein Glück!

Stundenlang bauten wir Jungs an unseren Legosachen herum und tranken die Bierpalette leer. „Eigentlich ganz schön einfallslos, jedem der Söhne Lego-Technik zu schenken, oder?", lallte Siggi irgendwann. „Aber uns kann das ja egal sein..."

Wir bauten, bis wir fertig waren. Wir hatten einen wunderbaren Heiligabend, den besten seit langem. Den Fendt musste ich stehen lassen. Als ich spät in der Nacht nach Hause stolperte, kam ich an der Haustür von Familie Krause vorbei. Ich hörte, wie dahinter die Kinder leise weinten. Was für eine schöne heilige Nacht!

Vogelschießen

Jahrelang hatte ich nicht ans Vogelschießen gedacht. Doch dann besuchte ich eines Abends einen Landfrauenverein in der Nähe von Bad Segeberg, um dort aus meinen Büchern zu erzählen. Am Ende des Abends, als ich mit meinem Vortrag fertig war, ergriff die Landfrauenvereinsvorsitzende noch einmal das Wort, bedankte sich bei mir für die Lesung und bei allen Landfrauen fürs Kommen und fürs Zuhören. Dann sagte sie noch einige Landfrauenfolgetermine an, zu denen man sich hoffentlich genau so zahlreich wieder sehen würde, wünschte allen einen guten Nachhauseweg und dass sie gesund bleiben mögen, denn das sei das Wichtigste. Sie drückte mir als Wegzehrung noch eine große Bauernmettwurst und eine Flasche Rotwein („Trinken Sie den man mit Ihrer Liebsten!" knuff knuff zwinker zwinker!) in die Hand und rief schließlich: „ So, und nun tschüss! Zum Abschluss singen wir unser Landfrauenlied!" Und alle erhoben sich; eine Landfrau stimmte an, und sie sangen zusammen „Kein schöner Land". Ein ganzer großer Landgasthofsaal voller Landfrauen sang „Kein schöner Land", und es hörte sich wirklich schön an. Dieser Landfrauenverein hatte nämlich auch einen Landfrauenchor. Die Chormitglieder erkannte man schon von weitem, weil sie die gleiche Tracht anhatten, so dass ich sie kurzfristig schon für Zweiundzwanziglinge gehalten hatte, die auch mit Mitte Sechzig noch jeden Tag das gleiche Kleidchen trugen, aber das war der Chor, wie ich jetzt feststellen konnte, und sie sangen wie junge Göttinnen, sogar zweistimmig; es war wunderbar.

Ganz hinten rechts im Saal hatte Ingken gesessen, eine Freundin aus Kindertagen in der Grundschule in Stolpe. Jetzt stand sie dort, sang mit, obwohl sie keine Landfrau, sondern nur zu Gast war, und wir blickten uns an, erst irgendwie gerührt, dann mit breitem Grinsen; denn wir erinnerten uns im selben Augenblick an unsere gemeinsame Grundschulzeit in Stolpe und ans jährlich kurz vor den Sommerferien statt findende Schulfest, das damals noch Vogelschießen hieß.

Beim Vogelschießen kämpften wir Stolper Grundschulkinder in verschiedenen Disziplinen um die Königswürde, und am Ende des Spielenachmittags mussten wir auf dem Schulhof, tatsächlich unter den prächtigen Linden, die dort stehen, zu den Klängen von „Kein schöner Land", gespielt vom Wankendorfer Spielmannszug, nach einer höllisch komplizierten Choreographie, die ich nie ganz verstanden habe, eine Polonäse vortanzen, und am Ende der Polonäse standen dann alle Schulkinder der Grundschule Stolpe – das waren immer so fünfundsechzig bis siebzig – in einem großen Kreis unter den Linden, hielten sich an den Händen und sangen zusammen „Kein schöner Land", und zwar nicht nur popelig zweistimmig wie die Landfrauen, sondern ungefähr fünfundsechzig- bis siebzigstimmig. Wahrscheinlich hörte es sich fürchterlich an, aber es ist trotzdem eine schöne, warme

Kindheitserinnerung, und plötzlich fiel mir alles wieder ein. Zuerst dachte ich an das Üben der Polonäse, erstmals zwei Wochen vor dem Vogelschießen auf dem Schulhof, und dann täglich bis zum Showdown. Die dritte Schulstunde vor der großen Pause wurde nun immer um eine Viertelstunde gekürzt, und um Punkt zehn Uhr trafen sich alle Grundschulkinder mit Herrn Wenzel, dem Musiklehrer, auf dem Schulhof, um die Polonäse zu üben. Beim ersten Mal war immer geplant, dazu vom alten Tonbandgerät, das immer kaputt war, „Kein schöner Land" in einem langsamen Marschrhythmus abzuspielen, denn Herr Wenzel hatte hartnäckig und in jedem Jahr von Neuem gehofft, das Tonbandgerät möge sich von selbst repariert haben, aber es war und blieb kaputt, und so liefen unsere Vormittagsübungen, das Tanzen der Polonäse betreffend, immer gleich ab: Herr Wenzel stand in der Mitte des Schulhofes, seine eigentlich streng nach hinten gekämmten Haare flogen wie bei einem Stardirigenten wild um den Kopf herum. Er sang mit lautest möglicher Stimme „Kein schöner Land" vor, klatschte einen Takt dazu, und wir tanzten unsere Polonäse. Je näher das Vogelschießen rückte, desto schlechter tanzten und desto alberner wurden wir, aber am Ende, beim Vogelschießen, klappte alles wie am Schnürchen, und Herr Wenzel freute sich.

Es gab in jeder der vier Klassen ein Königspaar. Beim großen Festumzug durchs Dorf genossen die schärpenbehängten Königinnen und Könige das Privileg, auf dem blumengeschmückten Gummiwagen der Ortshandwerkerschaft vom Unimog des örtlichen

Kraftfahrzeugmeisters Gerdi Möller gezogen zu werden, während das Fußvolk, meist bei unmenschlicher Hitze, latschen musste.

Einmal wurde ich König. Ich durfte auf dem Wagen mitfahren. Meine Königin war Regina, eine kleine Schönheit mit einem süßen Schmollmund. Ich war schon vorher in sie verliebt, und als sie nun auf dem Wagen neben mir saß, war ich sehr aufgeregt. Mein Magen spielte verrückt. Mir war schlecht, aber noch hielt ich mich.

Ziel des Festumzugs war die Dorfkneipe „Zum Pfeifenkopf", die es inzwischen längst nicht mehr gibt, weil sie nach einem Großbrand durch Mehrfamilienhäuser ersetzt wurde. Zuerst gab es dort Brause und Kuchen, danach die Königstänze und anschließend Party, zuerst für die Kinder, später für alle. Wenn es gut lief, konnte man am späten Abend noch auf eine zünftige Schlägerei hoffen.

Beim Brausetrinken und Kuchenessen war meine Aufgeregtheit ins Unermessliche gestiegen. Gleich sollte ich tanzen, mit „Gina aus China", wie wir meine Königin auf dem Schulhof immer zu verspotten pflegten. Doch zu diesem Tanz ist es nie gekommen; denn plötzlich wurde mir ganz schwummrig. Ich konnte gerade noch die Tischdecke hochheben, dann kotzte ich unter den Tisch und rutschte hinterher. In meiner Pfütze verlor ich das Bewusstsein und wurde nach draußen getragen, wo ich im heckengesäumten Garten in stabiler Seitenlage abgelegt wurde, bis meine Mutter mich abholte, während drinnen der doofe Jürgen Weber, mein größter Widersacher im Kampf um die Gunst meiner Königin, zum Ersatzkönig bestellt wurde, um den Tanz zu tanzen.

Später heiratete Gina. Zum Glück nicht Jürgen Weber. Sie wurde Bäckereifachverkäuferin. Irgendwann einmal, nach etlichen Jahren, kaufte ich am Bäckertresen in einem Einkaufszentrum ein Brötchen bei ihr. Statt einer roten Schärpe trug sie nun eine rote Schürze. Sie lächelte und hatte diesen Schmollmund. Es ging immer noch ein Zauber von ihr aus, und ich hätte sie küssen mögen. Ob sie mich erkannte, weiß ich nicht

An all das und noch viel mehr musste ich denken, als ich dort im Saal stand, den Landfrauen lauschte und Ingken anblickte. Nichts ist wirklich weg, nichts wirklich vergessen. Es ist nur nicht so leicht, sich zu erinnern.

Kollektive Erfahrung der Nichtexistenz

Ebenso wie jedes andere Bauernkind
der siebziger Jahre
habe auch ich es erlebt

ein Landhandelsaußendienstmitarbeiter
klingelte an der Tür
und als ich ihm öffnete
fragte er mich
„Ist keiner da?"

ich habe mit vielen Bauerngören gesprochen
und alle
wirklich alle
kannten diese Situation

die Frage ist nur
war das immer derselbe Vertreter
oder war das einfach so
dass man keiner war
als Kind

Shopping Paradies
Stolpe City

Als ich ein Kind war, gab es in Stolpe entlang der Dorfstraße vier Geschäfte, deren Schaufenster zum Bummeln einluden. Wenn man von der Autobahnbrücke aus die Dorfstraße hinabfuhr, kam man zunächst bei Stender vorbei. Uwe Stender war unser Dorfschlosser. Er hatte wenige Haare auf dem Kopf, dafür aber unglaublich buschige Augenbrauen. Ich mochte ihn sehr. Er war ein Meister der landtechnischen Improvisationskunst. Später machte er immer mein dauerkaputtes Moped wieder heil. Für mich und meine Zündapp war er eine Art guter Engel. Mein Vater zahlte die Rechnungen. Darauf stand dann immer: „Trecker reparieren".

Uwe Stenders Frau Marianne führte im vorderen Teil des Stenderschen Wohnhauses einen Alles-Laden. Wenn man hineinkam, bimmelte die Tür, und Frau Stender machte sich aus dem Wohnteil des Hauses auf den Weg in den Laden. Solange stand man allein darin. Es war eine große Versuchung, Dinge einzustecken, und ich hatte Freunde, die dieser Versuchung nicht immer widerstehen konnten, aber ich habe die Stenders niemals beklaut. Dazu mochte ich sie viel zu sehr.

Bei Stender gab es alles, was wichtig war. Schnaps, Bier, Zigaretten, Naschis. Zeitschriften, Comics,

Matchbox-Autos, Kerzen, Streichhölzer, Taschenlampen. Schulhefte, Bleistifte, Füller, Tintenpatronen. Eben alles außer frischen Lebensmitteln. Stender hatte zwei Schaufenster. Eines für Spielzeug, an dem ich mir immer die Nase platt drückte, und eines für Taschenmesser und Kitsch wie Trinksprüche auf Plastikplaketten in Holzoptik, zum An-die-Wand-Hängen. Das Altenteilerhaus meiner Großeltern war tapeziert mit diesen furchtbaren Artikeln; denn Oma und Opa kriegten zu jedem Geburtstag eine solche Plakette von mir. Von: „Im Himmel gibt`s kein Bier, drum trinken wir es hier!" bis: „Alle Wünsche werden klein gegen den, gesund zu sein." war alles vertreten.

Wenn man beim Bummeln an Stender vorbei war, hatte man, um ehrlich zu sein, das Beste schon hinter sich. Wenige Schritte weiter war Kohlmorgens Schlachterladen. Auch der hatte ein Schaufenster. Leider gab es keine Auslagen. Man konnte durch die Scheibe den Tresen sehen, hinter welchem Frau Kohlmorgen Wurst und Fleisch verkaufte, nachdem die Tür beim Eintreten eines Kunden gebimmelt hatte und sie, die Schlachtersgattin, aus dem Wohnhaus in den Verkaufsraum getreten war. Auch hier hätte man prima klauen können, aber was sollte ein Junge schon anfangen mit einem Pfund gemischtem Hack oder einem Kilo Rindergulasch? Und die Konserven in den Ladenregalen waren meist älter als der Laden selbst. Nach dem Renovieren hatten Schlachter und Schlachtersgattin die alten Dosen in die neuen Regale geräumt, und die Jugendlichen erzählten sich, bei Kohlmorgen gäbe es diverse Dauerwurstartikel, auf deren Verpackungen noch die Hakenkreuze des Reichsnährstandes prangten. Was ein unbewiesenes Gerücht ist.

Ging man die Dorfstraße weiter runter, dann kam man kurz hinter der ehemaligen Meierei am einzigen Selbstbedienungsladen des Dorfes vorbei. Ein Mini-Supermarkt mit einem riesigen Schaufenster, an dessen Inhalt ich mich leider überhaupt nicht erinnern kann; denn obwohl der Laden das größte Geschäft des Dorfes war, machte er als erster dicht. Ich weiß nur noch, dass meine Mutter dort immer Lebensmittel einkaufte und dass ich einmal vergeblich versuchte, mittels eines inszenierten Wutanfalls von meiner Mutter den Kauf einer Packung Cowboy- und Indianerfiguren zu erpressen; denn Spielzeug gab es in dem Laden auch. Ich lag bäuchlings auf den Fliesen, trommelte mit beiden Fäusten schreiend auf den Boden, heulte, schnaubte mir den Rotz aus der Nase und verteilte ihn mit meinen Händen überall in meinem Gesicht. Das alles half nichts. Meine Mutter beachtete mich überhaupt nicht. Mehr noch, sie unterhielt sich ungerührt und seelenruhig mit der Verkäuferin. Was für eine Niederlage. Zum Glück blieb der Laden bald geschlossen; denn da konnte ich mich unmöglich noch einmal blicken lassen.

Der Dorfstraße folgend, passierte man auf halbem Wege zur Grundschule die Stolper Poststelle, die zwar kein Schaufenster hatte, im Dorf aber trotzdem den Beinamen „Kaufhaus Hansen" trug, weil Annelene Hansen, die Leiterin der Poststelle, sich nebenbei als Sammelbestellerin aller möglichen, na ja, fast aller möglichen Versandhäuser betätigte. Bei ihr in der Post konnte man Kataloge wälzen, Artikel aussuchen, abholen, bei Nichtgefallen zurückschicken, und es gab sogar noch Rabatt.

Damit war aber der Stolper Boulevard noch lange nicht zu Ende; denn hinter der Schule gab es noch den Bäckerladen, der ebenso wie der Schlachterladen ein Schaufenster hatte. In diesem Fenster stand eine Schale mit liebevoll eingestaubten Plastikbrötchen, und durch die Scheibe hindurch konnte man Frau Bajorat beim Bedienen der Kundschaft zuschauen, nachdem sie, benachrichtigt von der Türklingel, aus dem Wohnteil des Hauses in den Verkaufsraum gegangen war. Die Bilder glichen sich, ganz egal, wo man war, Schlosser, Schlachter, Bäcker, es klingelte, und die Frauen kamen. Beim Bäcker gab es auch Naschis, was Generationen von Schulkindern in arge Gewissensnöte brachte; denn es waren zwar nur dreißig Meter vom Schulhof bis zum Bäcker, aber die Kinder durften das Schulgelände in den Pausen nicht verlassen. Taten sie es doch, um schnell mal Naschis einzukaufen, fühlten sie sich wie Verbrecher, und wenn Herr Lausen sie erwischte, gab es Mecker. Einige tollkühne Schüler hatten deshalb einmal angefangen, hinter einem der Lindenbäume auf dem Schulhof einen geheimen Tunnel zum Bäcker zu graben, aber nach dreißig Zentimetern waren sie auf dicke Baumwurzeln gestoßen und hatten deshalb aufgegeben.

Soviel zu den zahlreichen ehemaligen Einkaufsmöglichkeiten in Stolpe City, wobei der Dorfgasthof, der Zigarettenautomat bei Kohlmorgen, der Kaugummiautomat bei Saggau, den wir einst im Dunkeln vergeblich zu knacken versuchten, sowie die beiden Schnaps- und Zigarettennotversorgungsstubenläden in Ober- und Unterdorf noch gar keine Erwähnung fanden.

Lange Jahre gab es dann nichts dergleichen mehr. Bis auf den Zigarettenautomaten ist alles verschwunden. Der Dorfgasthof brannte ab und wurde durch schicke Mehrfamilienhäuser ersetzt. Die Stubenladenomas starben ebenso weg wie der Schlosser, der Schlachter und der Bäcker, und mit ihnen starben auch die Läden, deren Schaufenster zum Teil zugemauert wurden. Die Poststelle Stolpe wurde geschlossen und durch einen Postkasten ersetzt, der angeblich sogar einmal wöchentlich geleert wird.

Aber endlich sehe ich jetzt Licht am Ende des Tunnels; denn abseits der Dorfstraße findet sich nun auf einem ehemaligen Bauernhof ein Kräuterpark mit Museum, Laden und Cafe, und endlich, endlich gibt es auch in der Dorfstraße wieder ein sehenswertes Schaufenster. Der vor über siebzig Jahren von einem Schwager meines Opas gegründete und heute von den Söhnen meines Patenonkels geleitete Tischlereibetrieb Riecken hat in ein wunderbares Panoramaschaufenster investiert. Die Wand weiß gestrichen, der Vorplatz gepflastert, eine Bank lädt zum Verweilen ein, während das Auge des Betrachters eine bunte Palette von Qualitätsartikeln aus Meisterhand auf sich wirken lassen kann. Was es zu sehen bekommt, ist die größte Sargausstellung des Kreises Plön. Von der Apfelsinenkiste bis zum Mooreichenmausoleum, in dem es sich auch prima schlafen lässt. Für jeden Geldbeutel das richtige Produkt. Da kann man nur sagen: Praktisch denken, Särge schenken!

Endlich ist wieder Leben auf der Stolper Einkaufsstraße. Das ist ein Anfang, der Mut macht. Dem Shopping Paradies Stolpe City steht eine große Zukunft bevor.

Eberhard

Eberhard war Melkermeister
Allroundhandwerker
und eigenwillig

gelegentlich half er uns auf dem Hof
beim Melken und Bauen

ein Baum von einem Kerl
mit den kräftigsten Fingern der Welt

als er melken lernte
molk man noch mit den Händen
die Muskeln blieben
ein Leben lang

irgendwann schlug der Krebs zu

Eberhard litt
und wurde mager

als es ihm etwas besser ging
kam er vorbei
mit einem Arm voll Arbeitsklamotten

„du hast doch auch Größe 58
ich kann da nix mehr mit anfangen
ich hab nur noch 52
hier
schenk ich dir"

„ich hätte auch gerne
ne Nummer kleiner"
sagte ich
und sofort hasste ich mich dafür

„aber nicht so"
antwortete Eberhard
aber er nahm es mir nicht übel

jetzt ist er tot
und ich trage seine Sachen auf
Größe 58

Mein Helmut

Es war ein ganz normaler Tag. Ich war mit irgend einem Kleinkram auf dem Hof beschäftigt, irgend so etwas, das einem die Zeit raubt. Nachher ist der Tag um, und man hat nichts geschafft, obwohl man unablässig in Gange war.

Plötzlich hörte ich ein fremdes Treckergeräusch, das gleichzeitig seltsam vertraut klang. Es war nicht das hysterische Kreischen des Case IH, nicht das sonore Grummeln des Fendt Favorit 611 LSA, nicht das schwindsüchtige Schrammeln des Landini. Trotzdem kannte ich den Sound, der aus Richtung Autobahnbrücke langsam näher kommend an mein Ohr drang. Um die Ecke bog mein Vater. Er saß auf einem alten Fendt Farmer 106. Ohne Allrad. Ohne Kabine. Nur ein Original Peko-Verdeck.

Er hielt an. „Na, was fährst du denn da spazieren?", fragte ich ihn. „Ich war bei Bauer Helmut.", antwortete er. „Helmut hört auf mit Bauer spielen. Ich hab ihn mal besucht. Und dann stand da dieser Trecker und guckte mich mit so traurigen Augen an. Du weißt ja, wie weich mein Herz ist. Ich hatte gerade zufällig 5000 Euro in der Tasche, und da hab ich ihn gekauft. Und jetzt schenk ich ihn dir. Du hast ja letztes Jahr nichts zu Weihnachten gekriegt." Ungläubig blickte ich den Alten an: „Was? Ist das dein Ernst?" Er nickte. Ich musste lachen. Diese Altenteiler, sie hatten einfach zuviel Geld. Aber wenn sie es in den Betrieb steckten, sollte es mir egal sein. Nur: was zum Teufel sollte ich mit noch einem Trecker? Betriebswirtschaftlich betrachtet, waren wir auf unserer kleinen Farm mit den bisherigen dreieinhalb Schleppern schon hoffnungslos übermechanisiert. Ich guckte meinen Vater an: „Danke, Vadder, danke. Aber was zum Teufel soll ich damit?" „Da wird dir schon was einfallen!", antwortete er. „Das ist ein Fendt, den kann man immer gebrauchen. Zur Not...", und er lachte, „zur Not kannst du mir damit Kaffee zur Koppel bringen, wenn ich am Pflügen bin! Ja, genau, darf ich vorstellen? Das ist Fendt Helmut, der Koppelkellner!"

So bin ich zu meinem Helmut gekommen. 65 PS, Baujahr 1977. Er ist genauso alt wie Punk. Und in der Tat, er ist nicht überflüssig. Ich habe ihn nun andauernd vor dem Viehwagen. So muss ich nicht erst lange umspannen, wenn ich Trockensteher oder Jungtiere ins Moor fahren oder Kühe mit Kälbchen von dort wieder heim holen will.

Inzwischen ist Helmut ein Cabrio. Das ging ganz schnell. Ich war mit ihm auf der Bundesstraße unterwegs, und uns kam mit hoher Geschwindigkeit Andreas Andresen aus Padborg mit einem 40-Tonner entgegen. Dessen Druckwelle schwappte in den Trecker, und FUMP! klappte sich Helmuts Verdeck nach hinten. Automatisch, während der Fahrt! Das nenn ich Hi-Tech!

Seitdem hat Helmut kein Dach mehr, nur noch eine Frontscheibe, die sich schließen lässt, zum Schutz gegen den bei der Höchstgeschwindigkeit von 32 km/h kaum auszuhaltenden Fahrtwind. Diese Scheibe ist dreigeteilt und hat sogar drei Scheibenwischer, deren Motoren niemals kaputt gehen können, denn sie, die Scheibenwischer, sind handbetrieben. Ich habe deswegen extra einen Lehrling eingestellt; denn während ich im Regen fuhr, brauchte ich einen Mitarbeiter, der mir die Scheiben frei hielt.

Inzwischen aber klappe ich die Scheibe nicht mehr herunter. Bei Wind und Wetter fahre ich ungeschützt auf Helmut durch die Gegend. Dabei habe ich festgestellt, dass die Leute im Dorf mich desto freundlicher grüßen, je älter und klappriger der Trecker ist, mit dem ich unterwegs bin.

Das scheint eine Grundregel zu sein. Die Lohnunternehmer mit ihren pfeilschnellen, hypermodernen Agrarraumschiffen werden niemals gegrüßt. Mit meinem großen Fendt ringe ich den Leuten nur ein kurzes Nicken oder eine kleine Geste ab, und bei dem Landini lächeln einige mit echtem Mitleid. Aber wenn ich mit Helmut fahre, bleiben die Leute stehen; Omas laufen in Puschen in ihre Vorgärten hinaus und winken mir mit weißen Geschirrhandtüchern zu; Kinder fangen auf dem Bürgersteig an zu tanzen. Und ich rolle durchs Dorf, selig lächelnd.

Wenn es dann zu regnen beginnt, erinnere ich mich an die Geschichte von dem alten, längst schon toten Milchkutscher. Er war der letzte seiner Zunft, der noch mit Pferd und Wagen unterwegs gewesen war. Mein Vater erzählte mir, er, der Milchkutscher, habe niemals Regenzeug dabei gehabt. Bei Mistwetter zog er einfach sein Hemd aus und packte es in das kleine Fach unter seiner Kutschbank. So fuhr er mit nacktem Oberkörper seine Tour, und wenn es endlich aufhörte zu regnen, hatte er immer ein trockenes Hemd dabei. Niemals, so sagte Vadder, niemals war der Kutscher krank gewesen, bis er irgendwann, er war sicher schon hundertfünfzig, tot vom Kutschbock fiel.

Wenn ich jetzt also mit Helmut unterwegs bin, und es fängt an zu gießen, dann ziehe ich mein Hemd aus, packe es in die Werkzeugkiste und fahre einfach weiter. Die Leute gucken komisch, aber das ist mir egal. Ich fahr Cabrio. Tag und Nacht. Sommer und Winter. Helmut und ich, wir sind glücklich. Danke, Vadder!

Farmer from Germany

Es ist schön, zuhause zu sein. Es ist aber auch schön, unterwegs zu sein. Und wenn ich unterwegs gewesen bin, finde ich es immer wieder toll, nach Hause zu kommen.

Seit ich Bauer bin, seit ich den Hof bewirtschafte, bin ich noch viel lieber auf Reisen als zuvor. Damals, in der kurzen Zeit, in den wenigen Jahren zwischen Schulende und Familiengründung, da zog es mich gar nicht fort; denn ich konnte jederzeit gehen, wohin ich wollte. Verreisen war so einfach, nichts Besonderes. Also blieb ich daheim, half meinen Eltern auf dem Hof und stank nach Kuh.

Heute ist das ganz anders. Ich liebe es, von zuhause fort zu kommen. Am liebsten bin ich mit der Liebsten auf Tour. Nein, wie unglaublich schön das ist! Klar, es muss alles organisiert sein, an alle Viechereien muss gedacht sein. Das fängt bei den Kindern an und geht bei den Kühen, den Kälbern, den Jungtieren, den Pferden, den Schweinen, den Hunden, den Katzen und den hirnlosen Hühnern weiter. Aber wenn das geschafft ist, wenn ich die Familie und den Hof in guten Händen weiß, dann liebe ich es, die Nase in den Wind zu stecken und einige Tage lang etwas ganz anderes zu sehen.

Sicher, für ein durchschnittliches mitteleuropäisches Paar, das seit zwanzig Jahren miteinander lebt – abgesehen davon, dass es wenige gibt, die es so lange miteinander aushalten – waren wir bestimmt außerordentlich wenig unterwegs. Aber immer war es wunderbar. Wobei unsere ersten beiden Touren – an die Elbe und nach Dänemark – bei der Betrachtung außen vor bleiben sollten. Die waren zwar auch wunderbar, aber eigentlich hätten wir dafür nicht weg fahren müssen. Wir lagen ohnehin nur im Bett und gingen da auf Entdeckungsreise. Auch nicht schlecht.

Dann, zack!, waren wir verheiratet. Birtes Cousine lebte damals in England, in einem Vorort von London, mit ihrem Freund und dessen Mutter in einem schicken Einfamilienhaus. Auf unserer Hochzeit lud sie uns ein, sie doch in England zu besuchen. Das wollten wir gerne tun. Wir rafften unser Hochzeitsgeld zusammen und flogen rüber, im Herbst 1991. Als wir ankamen, mussten wir feststellen, dass wir scheinbar nicht bei Birtes Cousine wohnen konnten. Sie sagte: „Ich hab euch in einem ganz sauberen Zimmer einquartiert, bei einer älteren Dame. Da wohnen die deutschen Praktikanten in unserer Firma auch immer!" Und sie fuhr uns dorthin.

Es war grauenhaft. Die scheintote Lady erwartete uns schon, in einem handtuchschmalen Reihenhaus, inmitten einer trostlosen englischen Arbeitersiedlung. Eine fette, gelbe Katze strich ihr um die Beine und brüllte bedrohlich. Unsere Wirtin raffte ihr Bettzeug aus dem bis unter die Decke mit furchtbarem Kitsch gefüllten Schlafzimmer in eine Abseite, in die sie sich zu verdrücken pflegte, wenn sie Gäste hatte, und bezog uns das Bett neu. Muff von tausend Jahren lag in der Luft. In jedem Raum des Hauses gab es laufende Fernseher. Alle zeigten dasselbe Programm und waren so laut wie möglich gestellt. Es war ein ohrenbetäubender Lärm. Die Lady kreischte uns an, dass wir nach der Reise ja sicherlich hungrig seien und ob wir etwas essen wollten? Wir nickten und setzten uns in die Küche. Sie schenkte uns Tee ein und fing an zu kochen. Währenddessen sprang die fette Katze auf die Arbeitsplatte und fraß aus einem Napf direkt neben dem Herd. Als die Wirtin einmal kurz rausgegangen war, wandte sich die Katze dem Topf auf dem Herd zu und holte sich schon mal das Beste raus. Als sie genug hatte, sprang sie runter, schlich in die Ecke der Küche, wo das Katzenklo stand. Sie sprang hinein, blickte uns feindselig an und begann zu kacken. Birte und ich standen auf und gingen. Wir blickten nicht zurück.

Wo sollten, wo wollten wir nun hin? London war zu teuer, das wussten wir. Also stiegen wir in einen Zug in die andere Richtung. Nach Süden, nach Brighton. Seit ich als alter The Who-Fan den Film „Quadrophenia" geguckt hatte, wollte ich einmal dorthin. Also fuhren wir südwärts, vorbei an Koppeln, auf denen merkwürdig umhertaumelnde Kuhherden grasten, vorbei an Wäldern, in denen ausgesprochen fette Fasanen unbeweglich auf dem Boden lagen und darauf warteten, gefüttert oder geschossen zu werden..

In Brighton angekommen, kauften wir uns die örtliche Tageszeitung, auf der Suche nach einem Quartier. Gleich die erste anzeige sprang uns ins Auge: „The

Abbey Hotel – Clean and comfortable double rooms with beautiful ocean view", und das ganze auch noch ausgesprochen günstig. Wir waren uns sicher: Das war unser Laden! Abbey Hotel, das hörte sich nobel an, nach Beatles und nach britischer Lebensart, nach beigefarbenen Cordhosen, dunkelgrünen Wachsjacken, karierten Tweed-Jackets mit Ellenbogenaufnähern und Tee in jeder Lebenslage. Im Abbey Hotel würden wir leben wie englische Lords!

Das Abbey Hotel sah von außen richtig gut aus. Wie ein liebevoll verlottertes Herrenhaus. Ehrfürchtig schweigend gingen wir hinein. Drinnen war die Hölle los. Lauter merkwürdig abgerissen aussehende Herrschaften lehnten dort dumpf vor sich hin starrend an den Wänden und verengten die Gänge. Es roch nach Rauch, Bratfett und Magensäure.

Birte und ich gingen zum Tresen. Eine erstaunlich hübsche junge Frau bediente uns; sie wies uns darauf hin, dass das Abbey Hotel teilweise vom Sozialamt angemietet war, als Unterkunft für Wohnungslose. Birte und ich guckten uns an. Wir wollten nur irgendwo ankommen; wir wollten nur ein Bett. Wir machten den Deal und kriegten einen Schlüssel. Double room with ocean view, im dritten Stock. Wir trugen unser Gepäck zum antiken, vergitterten Aufzug, der Platz für vier Personen bot, aber dauerhaft mit drei Personen besetzt war, die offensichtlich kein Zimmer bekommen hatten und deshalb tagein, tagaus auf und ab fuhren, dabei Bier aus Dosen tranken und sich mit dem jeweils anderen Fahrgast, für den noch Platz war, aus zahnlosen Mündern unterhielten.

Unser Doppelzimmer war der Hammer. Die Betten waren nicht einmal annähernd gleich hoch. Sie hatten einen Höhenunterschied von etwa dreißig Zentimetern, so dass das niedrigere Bett wie ein Sprungbrett zum höheren wirkte. Ziemlich erschöpft setzten wir uns auf das erste, das flache Bett. In diesem Augenblick knickten alle vier Füße des Bettes ein, und es lag zu ebener Erde. So konnten wir wenigstens nicht mehr aus dem Bett fallen. Jedenfalls nicht aus dem niedrigen.

Als wir uns ein wenig verpustet hatten, wollten wir unseren Meeresblick genießen. Also gingen wir zum Fenster, das sich nicht öffnen ließ. Das Abbey Hotel liegt in einer Straße, die in rechtem Winkel zur Atlantikküste steht. Unser Fenster ging zur nächsten Straßenseite rüber, aber es lag in einem kleinen Erker. Wenn man den Kopf ganz dicht seitlich an die Scheibe presste, das rechte Auge schloss und mit dem linken die Straße in Richtung Atlantik hinab plierte, konnte man am Ende der Straßenschlucht tatsächlich einige Zentimeter Meereshorizont erblicken. Wir waren begeistert. Unsere Flitterwochen. Überglücklich fielen wir übereinander her.

Hinterher wollte Birte duschen. In unserem Zimmer gab es weder Dusche noch Klo. Beides war auf dem Gang zu finden. Klo umsonst, Dusche mit Münzautomat. Ich tauschte am Tresen im Erdgeschoss einen kleinen Geldschein gegen einen Haufen Five-Pence-Münzen. Birte stiefelte durch den Gang, an dessen Wände betrunkene Männer lehnten, los zur Dusche, während ich in unserer Honeymoon Suite zurück blieb.

Der Münzautomat befand sich draußen vor dem Umkleideraum der Dusche. Birte warf Geld ein, ging hinein, zog sich aus und begann zu duschen. Als sie sich komplett eingeseift hatte, war das warme Wasser alle; denn es ging nicht nach Menge, es ging nach Zeit. Die Männer vor der Tür kicherten schadenfroh, während Birte sich leise wimmernd mit kaltem Wasser abduschte. Soll ja gesund sein.

Wir blieben zehn Tage. Wir aßen jede Menge billige Pizza, Fish and Chips in Zeitungspapier und British Beef, und zwar nicht zu knapp. Sollte ich mich irgendwie merkwürdig benehmen: Es gibt für alles eine Erklärung. Bevor wir wieder heim flogen, saßen wir in Brighton in einem Pub und aßen Baked Beans, während das Radio die Waterboys spielte: „How long will I love you? As long as stars are above you! And longer if I may!" Ich war glücklich, wir waren glücklich, und als wir wieder zuhause waren, kriegten wir Kinder, eins nach dem anderen; ich wurde Bauer, und es dauerte lange, bis wir wieder einmal los kamen, nicht als Familie, sondern als Paar. Es war im Jahre 2002, elf Jahre später. Seit den Flittertagen in England war viel Wasser die Schwentine hinab geflossen. Es war viel geschehen, aber Birte und ich, wir waren immer noch zusammen.

Wir wollten nach Amerika. In die USA, um genau zu sein. Baude, ein Zivikollege und guter Freund, war der Liebe wegen nach Madison, Wisconsin ausgewandert. America`s Dairy Country, Amerikas Milchland, aber Baude war nicht wegen der Kühe dort, sondern wegen einer Frau. Janice und er wollten heiraten, und Birte und ich waren eingeladen. Wir brachen auf und flogen los nach Chicago. Baude und Janice holten uns und drei weitere deutsche Freunde vom Flughafen ab. Es war im Juli; die Sonne schien, und als wir die klimatisierten Hallen des Airports verließen, haute uns die Hitze einen Hammer vor den Kopf. Wir sprangen in die Autos und fuhren drei Stunden durch Illinois und Wisconsin. Drei Stunden durch die Landschaft, zwei davon durch America`s Dairy Country, und wir sahen nicht eine Kuh auf der Weide. Wir sahen nicht einmal eine Weide. Wir sahen nur riesige Kuhställe und Äcker mit Luzerne, genmanipuliertem Mais und genmanipulierten Sojabohnen. Von wegen: America`s Dairy Country. Richtig musste es heißen: Monsanto`s Dairy Country. Ich bekam einen Hass. In der Landwirtschaftsschule hatten sie uns vorgeschwärmt von den tüchtigen Milchbauern in Wisconsin. Diese unglaubliche Milchleistungen! Aber wenn das hier unsere Zukunft war, wollte ich lieber ewig gestrig sein. Die Milchkuh gehört auf die Weide, wenn das Wetter es zulässt, und nicht in einen Stall inmitten von Mais! Ich dachte mich richtig in Rage. Gerade, als ich Baude bitten wollte, anzuhalten, damit ich eine Kuhherde aus dem Stall befreien konnte, passierten wir das Ortsschild von Madison. Wir waren angekommen, und langsam beruhigte ich mich wieder.

Baude und Janice bewohnen ein voll unterkellertes Holzhaus in einer ruhigen Gegend mitten in der Stadt. Als die einzigen verheirateten Gäste bekamen Birte und ich das Gästezimmer zugewiesen. Es erwies sich aber als nicht bewohnbar; denn das Haus war weder gedämmt noch klimatisiert. Nach einer durchschwitzten Nacht zogen wir zu den drei anderen Gästen in den Keller, unter ihnen Janne, ein weiterer Zivikollege von Baude und mir, auch ein guter Freund. Im Keller war es angenehm kühl, und rasch kam eine Art Klassenfahrtstimmung auf. Es ging uns gut, bestens sogar.

Zum ersten Mal seit Jahren mussten Birte und ich uns weder um Kinder noch um Kühe kümmern. Wir lebten in den Tag hinein. Wenn wir Hunger hatten, machten wir uns was zu essen. Wenn wir Durst hatten, tranken wir. Wenn wir müde waren, schliefen wir. Wenn uns heiß wurde, sprangen wir in den See. Denn wie in Plön gab es in Madison einen See mitten in der Stadt. Lake Wingra. Der war zwar nicht wirklich erfrischend, aber im Wasser ließ es sich besser aushalten als an Land. Wir planschten so lange, bis die Haut schrumpelig wurde und uns erste Kiemen wuchsen.

Am Vorabend der Hochzeit zeigten wir den Amis erst mal, was ein ordentlicher Holsteiner Polterabend ist, solange, bis die Polizei kam. Und dann war der große Tag da. In einer weißen Holzkirche schwitzten wir uns die Seele aus dem Leib; Baude und Janice sagten „Yes!", Baudes Mutter und Janices Mutter und Birte heulten. Warum heulte Birte? Auf dem Friedhof fand ich einen Grabstein mit meinem Nachnamen. Wir fuhren im Konvoi in eine Feierhalle, die den Wein in Plastikbechern ausschenkte. Dann verzog sich das Brautpaar; wir feierten alleine weiter, bis die Angestellten der Feierhalle uns gegen acht Uhr rauswarfen. Acht Uhr abends, nicht acht Uhr morgens. Die spinnen, die Amis. Tock! Tock! Tock! Es war noch eine weitere Feier in den Räumen gebucht, und ratlos standen wir, noch lange nicht müde, draußen vor der Tür. Mann, es war noch hell! Es war nicht schon wieder hell! Man hätte meinen können, wir kamen von einem Kindergeburtstag, dabei kamen wir von einer Hochzeit!

Ziellos torkelten wir – ungefähr zehn Leute, die noch weiter machen wollten, es ging doch auch um die Ehre! – durch die Innenstadt von Madison, bis wir zu einem Club kamen. Draußen verkündete ein Plakat, heute sei „Open Mike Night". Wir stürmten hinein und setzten uns, tranken Bier und lauschten den Songs der jungen Singer/Songwriterszene von Madison/Wisconsin. Jeder durfte mal ans Micro auf der kleinen Bühne. Manche waren gar nicht so schlecht. Manche waren Künstler, und manche übertrieben es mit der Kunst. Wir tranken und klönten; es ging uns gut. Die Liebste sah wundervoll aus in ihrem roten Kleid, fleischgewordene Versuchung. Ich liebte sie sehr.

Es war spät geworden. Der Moderator fragte, ob noch irgend jemand einen Song vorspielen wolle, andernfalls würde er das Micro abbauen. Ich überlegte nicht lange; der Alkohol hatte sein enthemmendes Werk getan. Ich meldete mich und torkelte nach vorne. Der Moderator machte eine einladende Geste, und ich ging zum Micro. Und dann fing ich an zu sabbeln und zu lallen: „Hi, I am a farmer from Germany. I have come here to Wisconsin because a friend of mine married today. I am not a musician...I don`t even play any instrument...I am just a drunken farmer...but I want to sing you a song... a song by James Taylor...my beautiful wife Birte and I sang harmony vocals to it when we once listened to it...in our car. So it is kind of our song...I sing it for my sweetheart Birte...I have been in love with her for twelve years now...Bertl, I love you."

Ich guckte rüber zu ihr. Es war ihr unheimlich peinlich. Knallrot im Gesicht rutschte sie langsam unter die Bank. Einige Gäste johlten, Zustimmung oder Ekel, ich weiß es nicht. Ich schloss die Augen und hob an:

Well, the sun is surely sinking down
But the moon is slowly rising
And this ole world will still be spinning round
And I still love you

So close your eyes
You can close your eyes
It`s alright
I don`t know no love songs
And I can`t sing the blues anymore
But I can sing this song
And you can sing this song
When I`m gone

It won`t be long
Before another day
We´re gonna have a good time
And no one`s gonna take that time away
You can stay as long as you like

So close your eyes
You can close your eyes
It`s alright
I don`t know no love songs
And I can`t sing the blues anymore
But I can sing this song
And you can sing this song
When I`m gone.

Ich atmete tief durch, dann öffnete ich die Augen
und blickte mich um. Irgendwer klatschte sogar, andere buhten mich aus. Ich guckte rüber zu meinen
Leuten. Birte war nicht mehr zu sehen. Sie saß unter
dem Tisch. Ich setzte mich zu ihr. „Von wegen unser
Lied! So eine Schnulze!", giftete sie. Aber sie lächelte.
Wir krabbelten unter dem Tisch hervor und orderten
noch mehr Bier.

Spät in der Nacht schließlich schloss der Club. Wir
wurden vor die Tür gekehrt. Janne, Birte und ich
schlenderten langsam durch das nächtliche Madison
zu Baudes und Janices Haus. Aber wir gingen nicht
hinein. Wir spazierten weiter zum Lake Wingra. Wir
zogen uns aus und schwammen nackt durch die unglaublich dunkle Nacht. Es war, welch Zufall, wieder
einmal Neumond.

Später saßen wir zu dritt im seichten Wasser des Sees, in der Nähe des Ufers. Wir blickten in den weiten Sternenhimmel, laberten sinnloses Zeug zusammen und fühlten uns frei und sexy. Wir wussten nicht, ob es legal war, was wir taten, aber von den Cops wollten wir uns lieber nicht erwischen lassen. Es ging uns so verboten gut. Sie hätten uns mit Sicherheit eingebuchtet, nur, um uns eins auszuwischen. Drei nackte Krauts im Knast von Madison, das wär doch was gewesen!

Am Tag danach flogen wir wieder heim, die Köpfe voll mit Erinnerungen an eine unvergessliche Reise. Es war schön, wieder heim zu kommen. Und es wird schön sein, wieder wegzufahren. Allein schon, um sich wieder auf Zuhause zu freuen.

Kronjuwelenhochzeit

In der Zeitung las ich
einen Artikel über ein Paar
das Kronjuwelenhochzeit feierte

sie heirateten vor fünfundsiebzig Jahren und
ihre Geschichte rührte mich
so dass ich ganz feuchte Augen bekam

sie sind länger verheiratet
als meine Eltern alt sind
und die sind weiß Gott
nicht mehr jung

für den Fotografen hielt
das alte Paar sich lieb und
lächelte mit den frisch geputzten Dritten
er sechsundneunzig
sie einundneunzig

geheiratet hatten sie
mit sechzehn und einundzwanzig

sofort begann ich zu rechnen

wenn wir das schaffen
ist Birte sechsundneunzig und
ich werde achtundneunzig sein

unmöglich ist das nicht

schließlich wollen wir miteinander
alt werden
richtig alt

Vadder und Mudder

Seit über vierzig Jahren bin ich Kind meiner Eltern. Das war nicht immer leicht. Es gab Zeiten, in der Pubertät und auch noch danach, da habe ich sie gehasst, alle beide. Und trotz allem blieben wir aneinander hängen, und heute kann ich sagen, dass ich sie liebe. Ich habe mit Freunden darüber gesprochen, und vielen geht es ähnlich, mit ihren eigenen Eltern. Der Hass auf die Alten während des Heranwachsens scheint nichts anderes zu sein als eine pervertierte Liebe des Kindes zu seinen Eltern. Vielleicht ist es sogar so, dass die Heftigkeit des Hasses ebenso groß ist wie auf der anderen Seite des Pegels die Liebe. Wenn es so ist, dann müssen meine pubertierenden Töchter mich sehr lieben. Das ist doch mal ein Trost

Bei mir ist es so, dass es die vielen Kleinigkeiten sind, die mir plötzlich auffallen und die ich an meinen Eltern ganz liebenswert finde. So ist mein Vater, den ich früher immer für einen harten Hund hielt, in Wahrheit ein etwas sentimentaler älterer Herr, der gerne von früher erzählt. Ich mag es sehr, ihm dabei zu zu hören; denn er erzählt von meinem Dorf, aus der Zeit, als ich noch nicht da war. Die meisten Leute, von denen er berichtet, leben längst nicht mehr, und seine Augen füllen sich mit Tränen, die dem alten harten Hund noch nicht einmal peinlich sind. Wenn er da sitzt wie ein fetter Buddha und weint und mit stockender Stimme weiter spricht, dann liebe ich ihn sehr. Sieht Mudder ihn so, und sie hat ihre fiesen fünf Minuten und gerade keinen Sinn für Sentimentalität, dann ruft sie: „Nun blah doch ni all weller! Dat is doch keen Grund to blahen!"

An meiner Mutter liebe ich besonders ihren kreativen Umgang mit Sprache, der dafür gesorgt hat, dass in unserer Familie ein ganz besonderes Deutsch gesprochen wird. Zum ersten Mal fiel mir das auf, weil das große Fußballidol meiner Kindheit – „Ungeheuer" Horst Hrubesch – bei uns in der Familie ganz anders hieß. Ein H und ein R am Anfang eines Wortes, das ging ja nun gar nicht, das konnte doch niemand aussprechen. Ein H am Anfang, wie bei „Hund", das war gut. Ein R, wie bei „Ratte": kein Problem. Aber beides zusammen: unmöglich. Also nahm Mudder das R und tat es einfach woanders hin. In unserer Familie gab es nur ein Ungeheuer: Horst Hubresch. Und jeder wusste, wer gemeint war.

Auf ähnliche Weise hat meine Mutter unzählige Begriffe in ihr eigenes Idiom übertragen. Immer, wenn es irgendwie zu kompliziert war, wurde einfach einmal übernivelliert. Meine Eltern haben beispielsweise Freunde mit dem wunderschönen Nachnamen „Przygoda", mit P, R, Z, Y, und das alles hintereinander. Daraus machte meine Mutter: Pepsi Cola. Bernhard und Waltraut Pepsi Cola.

Leute sind bei Mutter niemals in Action; sie sind am Ätschn. Manche fahren statt Mitsubishis Mischibischis, und neulich erzählte meine Mutter von Bekannten, die hätten im Wohnzimmer den Teppich-boden rausgerissen und Limonad verlegt. Kinder verkleiden sich neuerdings am Reformationstag und laufen Halogen. Und wenn einer wo anruft und er hinterlässt eine Nachricht, dann tut er es auf einem Anrufantbeworter.

Das alles ist aber noch nichts gegen das Land, das meine Mutter erfunden hat, irgendwo in der Karibik. Die Lebensgefährtin eines Sohnes von Freunden mei-ner Eltern kommt aus der Dominikanischen Republik. Das kann meine Mutter sich einfach nicht merken. Aber ich höre ihr so gern zu, wenn sie davon spricht. Mindestens einmal in der Woche frage ich sie: „Sag mal, Mudder, die Frau von Frank, woher kommt die noch mal?" Und sie antwortet: „ Aus der dings der... Republikanischen Republik!" Und ich freu mich.

Ach, meine Eltern...ich liebe sie sehr!

Senge

Frank Sengebusch, Senge genannt, war ein ver-
rückter Hund. Wir gingen zusammen zur Schule; wir
haben zusammen Abi gemacht, 1987 in Plön. Zu sagen,
dass wir Freunde waren, wäre übertrieben. Aber wir
mochten uns. Bei jedem Jahrgangstreffen hatte ich
mich immer besonders darauf gefreut, mit Senge zu
schnacken. Er war Maschinenbau-Ingenieur geworden, aber er zog auch mit einem mittelalterlichen
Markt durch die Lande.

Senge war groß, breit und ein bisschen schwab-
belig, genau wie ich. Er hatte den Kopf ständig voll
mit wilden Ideen. Besonders in Erinnerung geblieben
ist mir jener Augenblick, als Senge in der Schule aus
dem Fenster hing.

Er hatte die Angewohnheit, sich gelegentlich eine
Glatze scheren zu lassen. Wenn es dann gerade Winter
war, brauchte Senge dringend seine Mütze, um sich
nicht zu verkühlen. Einmal, im Französisch-Grund-
kurs im 11.Jahrgang, hatte jemand Senges Mütze aus
dem Gaubenfenster geworfen. Der Unterrichtsraum
war im obersten Stockwerk, und die Mütze war im
Schneefanggitter hängen geblieben. Also kletterte
Senge kopfüber aus dem Fenster, klemmte sich mit
den Füßen hinter dem Fensterrahmen fest und fischte
mit dem Zeigestock nach seiner Mütze. In dem Mo-

ment kam Herr Wehling, der Französischlehrer, in den Klassenraum. Er erschrak, lief zu Senge, hielt ihn an den Füßen fest und rief: „Frank! Frank! Das macht doch keinen Sinn! Ich weiß, dass du schlecht in Französisch bist, aber das ist doch kein Grund, sich aus dem Fenster zu stürzen!" Und Senge kam wieder hoch, mit seiner Mütze in der Hand, und sagte: „ Okay, Herr Wehling, ich hab`s mir überlegt. Danke! Sie haben mir das Leben gerettet!" Wir lachten alle, und Herr Wehling wunderte sich über unsere gute Laune angesichts dieser dramatischen Situation.

Zwischen schriftlichem und mündlichem Abi machte Senge ein Praktikum bei einem Steinmetz. Nebenbei meißelte er alle Namen unseres Abijahrgangs in einen großen Steinquader, unter der Überschrift „Abi 87". Ausgerechnet bei meinem Nachnamen vermeißelte er sich. Er schrieb: „MATTHIAS STÜHRWOHLDT", mit einem H zufiel. Ein Fehler für die Ewigkeit.

In der Nacht, nachdem wir den Stein aufgestellt hatten, besetzten wir die Schule. Wir machten von innen alle Türen dicht. Senge hatte von überall her Ketten und Schlösser organisiert. Für eine Nacht und einen Tag war Senge der Hausmeister, der Herr über alle Schlüssel. Ihm fehlte nur der graue Kittel. Zugang zur Schule hatte nur unser Jahrgang, über ein streng bewachtes Fenster im ersten Stock, zu erreichen über eine große Bühne. Am nächsten Tag, beim Abischerz, fiel die Schule aus. Stattdessen gab es Brot und Spiele für alle, auf dem Schulhof, organisiert von uns allen. Ich hatte 150 Liter Milch aus dem Tank meiner Eltern entwendet und in einer großen Kanne auf einem Autoanhänger zur Schule gebracht. Jetzt stand ich auf dem Schulhof und schenkte Milch aus, stilecht mit einem Pflanzenschutzmittel-Litermaß.

Als unser zwanzigjähriges Abijubiläum anstand, schrieb ich die Einladungen. Es war im Sommer 2007. Ich wollte Senge eine Einladung schicken und gab seinen Namen in eine Internet-Suchmaschine ein, um seine Adresse herauszufinden. Ich fand sie nicht. Als ich am nächsten Tag die „Kieler Nachrichten" aufschlug, las ich seine Todesanzeige. Senge ist tot. Er war kerngesund ins Krankenhaus gegangen, um sich gegen seine Wespenstich-Allergie desensibilisieren zu lassen. Er starb in der Klinik an einem allergischen Schock, unter ständiger ärztlicher Kontrolle. Unfassbar.

Senge ist tot. Der Schreibfehler auf unserem Stein wird mich an ihn erinnern, solange ich lebe. Und seit dem Tag, als ich seinen Namen in der Zeitung las, schlage ich immer zuerst die Todesanzeigen auf, genau so, wie meine Eltern es zu tun pflegten, als ich ein Jugendlicher war. Mein Vadder sagte dann immer: „Mal sehen, wer alles nicht mehr bei Karstadt einkaufen darf."

Jetzt mache ich es genau so. Ich lese die Zeitung von hinten. Schätze, ich werde langsam erwachsen.

Die Bärchenmütze

Neulich haben die Liebste und ich unseren Heizungsraum aufgeräumt. Das war dringend nötig. Denn unser Heizungsraum ist nicht nur einfach unser Heizungsraum. Es ist eine Art massiver, überdimensionierter Altkleidersack. Jeder, der schmutzige, kaputte oder durchnässte Klamotten anhat und zu unserer Familie gehört, geht in den Heizungsraum, zieht sich aus und lässt die Klamotten fallen, um ins Badezimmer weiter zu gehen und zu duschen. Oder auch nicht.

Die Klamotten aber liegen da und wachsen langsam zu großen, spakigen, muffigen, schimmligen Haufen, die nur – ich hab es nachgemessen – zu einem geringfügigen Anteil meiner Garderobe entstammen. Trotzdem wird der Rest der Familie nicht müde, allen zu erzählen, ich allein sei es, der den Heizungsraum zumülle, was nichts als eine bösartige, infame Unterstellung ist. Wir alle sind es, alle Stührwoldts, aber die anderen brauchen, um sich besser zu fühlen, einen Sündenbock, einen, den sie anmeckern können, wenn sie irgend etwas nicht wieder finden. Und das bin ich, und um des lieben Familienfriedens willen will ich das auch gerne sein.

Der Heizungsraum ist allerdings ein guter Raum zum Zumüllen. Ein Jahr lang wuchert es in ihm der Unbetretbarkeit entgegen, aber einmal im Jahr kommt der Schornsteinfeger, um die Inspektion der Heizungsanlage durchzuführen. Schon Wochen vorher meldet er sich datumsgenau per Postkarte an; ich trage den Tag zuvor als „Deadline Schstf" in den Küchenkalender ein, und dann muss rechtzeitig entrümpelt werden, damit der Schornsteinfeger nicht unverrichteter Dinge wieder abreisen muss. So ist der Klamottenhaufen im Heizungsraum immer höchstens ein Jahr alt. Trotzdem finden wir immer wieder Dinge darin, die wir längst vergessen hatten.

Vor wenigen Wochen führten die Liebste und ich allerdings eine außerplanmäßige Zwischenreinigung durch. Peers Reithelm war spurlos verschwunden, und Birte wollte sicher gehen, dass er nicht irgendwo im Heizungsraum seinem Verschwinden entgegengammelte. Also räumten wir aus, gründlich, nicht nur die Klamottenhaufen, auch die unverhofft wieder entdeckten Regale dahinter. Hey, wir haben tatsächlich Regale im Heizungsraum! Wer hätte das gedacht!

Den Reithelm fanden wir nicht, jedenfalls nicht da, wo wir suchten, der fand sich einige Tage später wieder an, im Flur, unweit seines angestammten Platzes, aber wir fanden andere Dinge. Großartige Dinge. Dinge, die die Welt nicht braucht. Beispielsweise eine Kletterwand für Kinder, die wir einst geschenkt bekommen hatten. Einen elektronischen Insektenvernichter, der zwar nicht funktioniert, aber cooles blaues Licht macht. Eine werbegeschenkte Kombination aus Kugelschreiber, Schraubenzieher und Wasserwaage, eine Kubenziege sozusagen, die es schafft, in ausnahmslos allen ihren Funktionsmöglichkeiten unbrauchbar zu sein. Einen kaputten Christbaumständer. Meine allerersten Kinderfußballschuhe von Adidas, schwarz mit gelben Streifen und bretthart getrocknet sowie meine Original-Wrangler-Kutte in Größe 158, mit Filzer hinten drauf beschrieben, und zwar in genau der Reihenfolge: „Stolper Gang", Stratus Quo (ja, richtig, mit „r") und AC/DC. Und, last not least, eine Lebendmausefalle mit einem mumifizierten Mausekadaver darin. Diese Lebendmausefalle hatte Peer einst von seinem Taschengeld gekauft, weil er als überzeugter, tierliebender Vegetarier fand, man müsse das Leben der Mäuse verschonen, wenn man sie schon nicht im Hause haben wolle. Keinesfalls dürfe man sie auf so barbarische Weise töten, wie dies in einer handelsüblichen Mausefalle geschehe. Also investierte er in diese Lebendmausefalle, postierte sie im Heizungsraum und vergaß sie. Die Maus, die sich darin bald eingefunden hatte, wartete vergeblich auf ihre Freilassung. Sie starb wahrscheinlich eines qualvollen Verdurstungstodes. Soviel zum Tierschutzaspekt bei der Anwendung von Lebendmausefallen.

Des weiteren fanden wir – was Wunder – Arbeitsklamotten im Heizungsraum, Arbeitsklamotten für mich. Irgendwann hatte ich mal heraus posaunt, niemals würde ich mir Extra-Arbeitskleidung kaufen. Stattdessen trüge ich bei der Arbeit supergerne die abgelegten Lumpen anderer Leute auf. Kaum hatte ich das gesagt, kamen ständig Leute mit Altkleidersäcken zu mir. Die landeten meist im Heizungsraum, unsortiert. Im hinteren Bereich, hinter den Haufen mit den schimmelnden Klamotten.

Auch in diesem Bereich räumten wir neulich auf, die Liebste und ich. In einem der Säcke fanden wir ein Dutzend Jeanshosen in meiner Größe, anscheinend der komplette Hosennachlass eines armen Menschen, der offensichtlich an Geschmacklosigkeit gestorben war. Jeans mit Bundfalten, schrägen Sacktaschen vorne und hinten eine zuknöpfbare Tasche auf der rechten Arschbacke. Alle diese Hosen waren grauenhaft, aber sie waren noch gut. Ich wollte sie behalten, aber die Liebste sagte: „Wehe!" Ich antwortete: „Wieso? Ist doch bloß für die Arbeit!" „Egal, wenn du solche Hosen trägst, schlaf ich nie wieder mit dir!" Was sollte ich da noch erwidern? Meine Güte, sie sitzt am längeren Hebel. Also kamen diese einwandfreien Hosen weg. Inzwischen war richtig Platz im Heizungsraum. Wir stellten fest, dass es sogar ein Fenster gab. Unglaublich! Und dann, ganz zum Schluss, irgendwann einmal zum Trocknen hinter ein Heizungsrohr geklemmt und dann vergessen, sahen wir sie: Die Bärchenmütze!

Eine Kindermütze aus dunkelblauem Fleece, in schlichter Topfform, mit einer 3-D-Bärchen-Applikation an der Seite. Ich setzte sie auf. Das Unglaubliche war: Sie passte auf meinen Kopf wie Arsch auf Eimer, und ich habe wirklich eine echte XXL-Birne. Hüte für mich müssen maßangefertigt oder aus extremem Stretchmaterial sein. Die Bärchenmütze aber war weder das eine noch das andere. Wem konnte sie gehören? Was für ein armes Kind aus unserer Familie hatte solch einen exorbitanten Riesenkopf? Die Liebste und ich grübelten darüber nach, und dann fiel es uns wieder ein.

Eins unserer Kinder – ich verrate aber nicht, welches – war tatsächlich so eine Art Kopffüßler, als es zur Welt kam, weshalb es von seinem schwarzhumorigen Onkel gleich den wunderbaren Kosenamen „Quaderschädel" bekam. Heute ist davon zum Glück nichts mehr zu sehen. Der Körper wuchs; der Kopf schrumpfte etwas, und heute sieht dieses Kind ganz normal aus. Als Kleinkind allerdings waren die Proportionen etwas verschoben, und als es laufen lernte, tat es das mit dieser Bärchenmütze, die nun auf meinem Kopf saß. Die Liebste guckte mich lange an. Dann brach sie in ein lautes, wunderbares Lachen aus. Und ich hörte sie sagen: „Wenn du die Mütze trägst, im Alltag, hier auf dem Hof, als Arbeitsmütze, dann falle ich über dich her! Hemmungslos! Und wild!" Ich antwortete: „Okay! Ich nehm dich beim Wort!" Und behielt die Mütze auf.

Seitdem trage ich sie bei der Arbeit. Unablässig. Das ist nicht immer leicht, wenn Handelsvertreter, Besamungstechniker oder Subventionskontrolleure auf den Hof kommen. Immer gucken sie auf meinen Kopf, sehen die 3-D-Bärchenapplikation und können so gerade eben ein lautes Lachen unterdrücken. Für den Betriebsleiter hält mich jetzt keiner mehr. Eher für einen etwas minderbemittelten Stallknecht.

Ich mach mich zum Deppen. Aber ich mach mich zum Deppen für meine Frau. Das ist erlaubt. Dass sie sagte, sie würde über mich herfallen, hemmungslos und wild, das ist jetzt übrigens etwa drei Jahre her. Zu Birtes Gunsten muss ich anführen, dass niemals von einem Termin die Rede war. Also trage ich die

Bärchenmütze, voller dickköpfiger Zuversicht. Irgendwann ist es soweit, und es wird wunderbar sein, da bin ich mir sicher. Die Vorfreude ist die schönste Freude, und die Hoffnung stirbt zuletzt.

Meine Miss Nasses T-Shirt

Es war ein Sonntagmorgen
in jener Zeit
als sie unseren Jüngsten stillte

nach der Arbeit im Stall
hatte ich mich noch mal zu ihr gelegt
weil es im Haus noch ganz still gewesen war

ich schlief ein

als ich aufwachte
knöterte und kröchelte es im Babyphon
die Liebste war schon auf
sie stand vor unserem Bett
nur in Unterhose
und ihrem weißen Hemdchen
mit diesen Mega-Milch-Möpsen darunter

der Lütte hatte offensichtlich lange geschlafen
Birte stand und lächelte
und dann schoss die Milch ein

was für ein Schauspiel
sie machte sich das T-Shirt nass
es wurde langsam durchsichtig

mitten in unserem Schlafzimmer
gab es einen 1-A-Wet-T-Shirt-Contest
wie sonst nur in ekligen Großraumdiscotheken
und ich war die Jury

das Urteil war eindeutig
einstimmig wurde die Entscheidung gefällt
die ich nunmehr verkünden darf

sie ist meine Miss Nasses T-Shirt
und sie wird es immer sein

der Titel wird nur einmal verliehen
auf Lebenszeit

Was fürn
schöner Scheiß

Es war ein ganz normaler Frühwintervormittag. Es wurde nicht richtig hell. Duster, trüb, nasskalt und irgendwie trostlos. Dezember eben, und Heiligabend noch dazu. Immerhin war der kürzeste, dunkelste Tag schon vorbei. Es ging wieder aufwärts.

Callsen war mit dem Güllewagen unterwegs. Das war einigermaßen ungewöhnlich; denn schließlich lag Güllesilvester nach der derzeit gültigen Düngeverordnung schon rund sechs Wochen zurück. Aber Callsens Betrieb war gewachsen; sein Kuhbestand hatte sich im Laufe der Zeit verdoppelt. Der Güllepott war allerdings nicht mitgewachsen; der hatte immer noch seine tausend Kubikmeter und keinen Liter mehr. Das Umweltamt war deshalb schon auf Callsen zugekommen und hatte ihm ein Ultimatum gestellt: Bis zum 31. Dezember hatte er zusätzlichen Lagerraum für seine Gülle nachzuweisen, oder sie würden ihm den Laden dicht machen. Und Callsen war nicht untätig geblieben.

Aus der Perspektive des güllelagerraumnachweispflichtigen Wachstumslandwirts traf es sich gut, dass es überall in der Gegend Bauernhöfe gab, die nach und nach aufgegeben worden waren. Viele von ihnen hatte noch schöne, manchmal blitzeblanke, manchmal geschmackvoll von Efeu oder Stockrosen umrankte

Güllepötte in ihren nunmehr gepflegten Gärten stehen. Solch einen stillgelegten Güllepott hatte Callsen sich jetzt gepachtet, von Thomsen, einem ehemaligen Kuhbauern. Schon seit Ende Oktober hatte Callsen zwei Güllewagen pro Woche ins Zwischenlager zu Thomsen gebracht. Der gut achthundert Kubikmeter fassende, mattschwarz lackierte Güllepott von Thomsen war auch schon etwa halbvoll. Oder halbleer, je nach Belieben. Callsen aber war Optimist. Er fand, der Güllepott sei halbvoll. Das war nicht nur seine eigene Gülle darin; Thomsen hatte damals einen Rest drin gelassen. In diesem Güllepott mischte sich jetzt frische, moderne Globalisierungsgülle mit Gülle aus jener Zeit, als es den Ostblock noch gab.

Heute, an diesem trüben Heiligabendvormittag, wollte Callsen den letzten Güllewagen des Jahres zu Thomsen bringen und dem alten Thomsen bei der Gelegenheit auch den vereinbarten Pachtzins übergeben. Zweihundert Euro pro Jahr, darüber konnte man nicht meckern. Als kleines Weihnachtsgeschenk hatte Callsen sogar noch eine große Mettwurst aus eigenem Anbau dabei. Nachdem er den Güllewagen durch den Druckschlauch in den Güllepott leergepumpt hatte, ging Callsen zur Haustür und klingelte. Der alte Thomsen öffnete. Er freute sich aufrichtig über das Geld und die Wurst. Thomsen und Callsen plauderten ein wenig; Thomsen fragte, ob Callsen einen Grog wolle, aber Callsen hatte vor der Bescherung noch einiges zu tun, also lehnte er ab. Eine Frage habe er aber noch, wo man nun schon zusammen sei, ob Thomsen ihm noch mal zeigen würde, wie und wo er die Gülle im

Frühjahr entnehmen könne.

Also zog sich Thomsen die Stiefel und den Mantel an. Gemeinsam gingen die beiden Männer zum Güllepott, vor dem eine kleine Vorgrube gelegen war. Thomsen hob die alte Abdeckung an, und eine fette Ratte rauschte davon. „Da!", sagte er: „Da ist der Schieber. Wenn du den aufmachst, läuft die Vorgrube voll, und du kannst die Gülle absaugen. So geht das." Callsen kletterte runter an die Vorgrube und probierte das Handrad des Schiebers aus. Er rief: „Der geht ja leicht!" Und drehte auf. Sofort begann sich die Vorgrube mit Gülle zu füllen. „Aha, so einfach ist das!", sagte Callsen und drehte den Schieber wieder zu. Diesmal ging es noch leichter, wie von selbst, und plötzlich hatte Callsen das Handrad in der Hand, und die Gülle lief weiterhin in die Vorgrube. „Scheiße!", rief Callsen, der trotz seines normalerweise gepflegten Auftretens auch ausgiebig und kreativ zu fluchen vermochte, wenn der Anlass es gebot. Jetzt aber hatten alle Formulierungskünste, alle phantasievollen Einfälle ihn verlassen. Er brüllte nur noch: „Scheiße! Scheiße! Scheiße! Mann, wir haben Weihnachten! Was fürn Scheiß, was fürn schöner Scheiß! Scheiße!"

Sekundenlang waren Callsen und Thomsen nicht in der Lage, einen klaren Gedanken zu fassen. Dann rief Callsen: „Thomsen, wir brauchen Stroh! Hol Stroh! Wir müssen das Rohr dicht stopfen!" Und er sprang in die Vorgrube und suchte nun mit bloßen Händen in der Gülle nach dem Auslauf des Rohres. Als Thomsen endlich mit dem Stroh kam, lief die erste Gülle schon über den Rand von Callsens Stiefeln in dessen Socken.

Callsen griff sich das Stroh und stopfte es unter dem Güllespiegel in das Rohr, aber der Druck war zu groß. Sofort wurde das Stroh wieder rausgedrückt. Er gab auf. Gülletriefend sprang er aus der Vorgrube, wischte sich im Gras die Hände ab und fingerte sein Handy aus der Innentasche seiner Jacke. „Mal sehen, was die Kollegen heute so vorhaben...", meinte er mutlos.

Er wählte Nissens Nummer und lauschte. Nach einer Weile fiel ihm auf, dass er keinen Empfang hatte. „Scheiß E-Plus!", brüllte er, lief zu seinem Trecker, kletterte auf den Kotflügel, vom Kotflügel auf die Motorhaube, von der Motorhaube auf das Dach und wählte erneut. Er blickte aufs braun verschmierte Display. Tatsächlich, ein Balken. Bei Nissen ging nur die Mailbox ran. Da fiel Callsen ein, dass der in Estland war, um sich eine Frau zu holen. Nacheinander rief er nun die anderen Bauern aus dem Dorf an. Petersen war auch nicht da, aber Volquardsen, Redlefsen und Hansen hatten zwar keine Zeit, aber das war ja nun ein Notfall, da musste man einander helfen. Sogar Stührwoldt stand deswegen vom Schreibtisch auf. „Komm schnell mit dem Güllewagen zu Thomsen! Bring ´nen Saugschlauch mit!", rief Callsen jedem seiner Kollegen zu. Dafür reichte der eine Balken Empfang.

Als Hansen nach einer Viertelstunde als erster ankam, hatte Callsen bereits versucht, bei der Agrarverwaltung eine Sondergenehmigung zum Güllefahren zu erwirken, aber natürlich hatte er beim Amt für ländliche Räume niemanden erreicht; schließlich war Heiligabend. Und da dachte sich Callsen: Egal, ich habe es versucht, und den Kram auseinander zu fahren ist allemal besser, als es hier über den Hof laufen zu lassen.

Inzwischen war die Vorgrube übergelaufen, aber Hansen hatte seinen Saugschlauch jetzt reingehalten und befüllte seinen Wagen, als Volquardsen, Redlefsen und Stührwoldt angefahren kamen, jeder mit seinem jäh aus der Winterruhe gerissenen Güllegespann. Sie brauchten nicht viele Worte. Sie wussten, was zu tun war; denn mit dem Güllefass kannten sie sich aus. Callsen hatte eine große, sandige Grünlandkoppel am Hof, die auch jetzt befahrbar war. Da musste die Gülle hin, und da kam sie hin. Jeder von ihnen, Callsen eingeschlossen, fuhr drei Touren, da war die entmischte Gülle so dick geworden, dass sie nicht mehr von allein aus dem Pott lief. Mit einigen Strohballen, die sie gemeinsam, mit vereinten Kräften, vor dem Auslaufrohr des Güllepotts verkeilten, wobei sie sich alle noch ein wenig mit dem so intensiv stinkenden Flüssigmist einsauten, sicherten sie den Güllepott gegen ein weiteres Auslaufen.

Das tiefe Aufatmen der Bauern war laut und deutlich durchs ganze Dorf zu hören. „Moin erst mal!", rief Volquardsen, der gesprächigste von allen: „Und frohe Weihnachten!" Und er ging rum und schüttelte jedem mit großem Vergnügen die dreckverschmierte Hand. „Danke, Leute!", sagte Callsen und verscheuchte mit einem bemühten Lächeln eine Träne der Rührung von seiner Wange. Da kam Thomsen, der sich zwischenzeitlich ins Haus zurückgezogen hatte, und rief: „Grog ist fertig! Kommt rein und wärmt euch!"

Das ließen die Bauern sich nicht zweimal sagen. Sie

saßen und tranken und klönten und wurden langsam wieder warm, während es in der Stube gemütlich zu stinken begann.

Bald aber standen alle wieder auf. Die Familien warteten zuhause. Bis auf Petersen, der unterwegs gewesen war, und Nissen, der sich eine Frau holte, die dann gar keine war, aber das ist eine andere Geschichte, bis auf Petersen und Nissen stanken alle Bauern des Dorfes an diesem Weihnachtsfest nach Gülle, schon aus Solidarität. Ihre Frauen waren not amused.

Niemand aber stank so sehr wie Callsen. Der Geruch würde sich halten bis ins nächste Jahr. Ebenso wie das gute, warme Gefühl in seinem Bauch.

Seine Kollegen: Er konnte sich wunderbar ärgern über sie. Diese ungehobelten, sturen, grantigen Säcke. Aber wenn man sie brauchte, waren sie da.

Kuhscheiße an der Hose

Puh, das war knapp. Aber ich hatte es wieder einmal geschafft. Ich saß im Zug in Richtung Süden. Zwei Minuten vor seiner Ankunft war ich in Bordesholm auf den Bahnsteig gehechtet. Good ol`Bordesholm. Mein Tor zur Welt.

Eigentlich, so dachte ich, während ich aus dem Zugfenster das Moorgebiet zwischen Bordesholm und Neumünster betrachtete, eigentlich verstehe ich gar nicht, warum ich immer auf den letzten Drücker bin. Es muss genetisch bedingt sein. Meine Mutter ist genau so, nur viel schlimmer. Das würde sie zwar nie zugeben. Aber so ist es.

Als ich zuhause losfahren wollte, hatte ich, einer plötzlichen Eingebung folgend, noch einen letzten Blick in den Kuhstall geworfen. Da sah ich, dass dringend Futter angefegt werden musste. Das dauert ja nicht lange. Also einmal den Besen geholt. Während des Anfegens bemerkte ich, dass der Besamungstechniker die Kuh nach dem Besamen nicht los gebunden hatte. Fix über das Fressgitter gesprungen und den Strick gelöst. Die Kuh sprang auf und hatte es eilig, zu ihren Kumpelinnen auf die Weide zu kommen. Im Weglaufen fing sie an zu scheißen. Gewandt wich ich den Kotspritzern aus. Das gehört zu meinen täglichen Ballettübungen. Zurück über das Fressgitter, Strick enttüdelt und aufgehängt, im Gras vor dem Stall die Schuhe abgewischt, ab ins Auto und los. Schnell noch die Geruchsprobe an den Klamotten. Stinke ich nach Kuh? Vielleicht ein bisschen. Aber keine Zeit zum Umziehen. Oh Gott, schaffe ich das noch?

Ja, ich schaffte es. Mein Atem normalisierte sich wieder, und ich nahm eine der aus dem Bürochaos mitgenommenen, noch ungelesenen Samtagsexemplare der Taz, die ich aus Pressefreiheitsunterstützungsgründen am Wochenende immer zu kaufen und aus Zeitgründen niemals zu lesen pflege, aus dem Rucksack. Drei Monate alt. Also noch fast tagesaktuell. Ich fing an zu blättern. Gutes Gefühl, den Hof in guten Händen zu wissen. Meine Eltern, meine eisernen Eltern. Der Lehrling, nicht zu vergessen. Last, not least hat die Liebste noch ein Auge drauf und informiert mich, wenn Dinge geschehen, die wichtig sind.

Wieder mal eine kurze Lesereise südlich der Elbe. Huh, wie aufregend, und ich dachte wieder an den alten Bäckergesellen aus Stolpe, der angeblich, als er gemerkt hatte, dass er gleich durch den Elbtunnel fahren würde, panisch auf der Autobahn gewendet hatte, hysterisch schreiend: „Dor föhr ik ni dörch!"

Abends ein Auftritt im Sauerland, und am nächsten Tag zum ersten Mal ein Besuch auf der Buchmesse in Frankfurt. Der Verlag hatte einen Miniregalmeter am Gemeinschaftsstand der kleinen Verlage. Das wollte ich mir ansehen, live und in Farbe.

Inzwischen war ich in Hamburg umgestiegen und saß im ICE Richtung Süden. Knackevoll, der Zug. Überall wichtig, wichtig Leute, die scheinbar hochkonzentriert auf ihre Laptops einhacken und dabei telefonieren. Meistens sagen sie Dinge wie: „Du, ich kann dich gerade nicht verstehen, die Verbindung ist so schlecht." Und ich mache mir Notizen in meiner Kladde. Auf Papier, mit einem echten Stift.

Neben mir sitzt auch so einer mit Laptop und Handy. Traurig spricht er in das Gerät: „Da hab ich es eben zu Ende gemacht. Es sollte nicht alles umsonst gewesen sein. Jetzt bin ich Energieanlagenelektroniker. Scheiße."

Das war ein Stichwort. Ich lehnte mich nach hinten und schlug die Beine übereinander, um meine Hose auf Spuren meines letzten Stallaufenthaltes zu untersuchen. Tatsächlich. Beim Kuhfladenausweichballett war ich scheinbar nicht gut genug gewesen. Auf meiner hellen Hose klebte ein Placken dunkelgrünen Ganztagesweidekots. Ich musste grinsen. Wenige Tage zuvor waren die Liebste und ich in Hamburg im Theater gewesen. Dorfpunks. Der große Rocko Schamoni hatte gesungen: „Du trägst dein Dorf immer mit dir rum" Wie recht er hatte. Und es ist nicht nur mein Dorf, das ich mit mir rumtrage. Es ist auch noch der Kuhstall. Und ab und zu sogar das, was bei den Kühen hinten raus kommt.

Ich nahm mir ein Taschentuch, wischte den Placken ab und musste lachen. Das wäre doch mal eine gute Überschrift für einen Zeitungsartikel über mich: „Der wahrscheinlich einzige Autor auf Lesereise mit Kuhscheiße an der Hose" Ich schnupperte in die Luft. Irgendwie roch es im ICE ein klein wenig nach Stall. Woher mochte das wohl kommen? Ich blickte mich um. Keine Anzeichen von Bauern weit und breit. Ich musste es mir eingebildet haben.

Der Energieanlagenelektroniker war eingeschlafen, und ich holte mein Mobiltelefon raus. „Ich liebe dich", simste ich meiner Frau. Und das war ernst gemeint. Sie fehlte mir. Sonst war alles okay.

Never ending Tour

Heute war ich
bei einem Landfrauenverein
in Nordfriesland

ich erzählte ihnen
einen vom Pferd
und von der Kuh
und sie liebten es

jetzt ist es Mitternacht
der Deutschlandfunk spielt die Nationalhymne
und ich kann nicht mehr

an der Raststätte Hüttener Berge
halte ich an
klappe die Rückenlehne des Sitzes nach hinten
greife mir Kissen und Decke und
penne ein
in Millisekunden

als ich aufwache
nach fast zwei Stunden
weil ich zu frieren beginne
streichelt leiser Regen das Autodach
es ist fast wie zelten

es könnte schön sein
wär ich nicht so allein

verschlafen
stolpere ich in den Verkaufsraum der Tankstelle
und kaufe Kaffee und Schokolade
für den Rest des Weges

der Macker hinter der Kasse
kennt mich schon

es kommen nicht viele
regelmäßig
nachts um zwei
um nichts zu kaufen
außer Kaffee und Schokolade

Schönen Abend noch!
sagt er
doch ich kann nichts anderes denken
als Sekundenschlaf
und das Klingeln des Weckers
um viertel vor sechs

Meine ersten Stollenschuhe

Es war im Frühjahr 1976. Ich war acht Jahre alt, als ich zum ersten Mal zum Fußballtraining ging. Das war in Wankendorf, auf dem Trainingsplatz, eigentlich eher einer Jungviehweide mit Torgestellen, gleich hinter dem Vereinslokal, das „Schlüters Gasthof" heißt, aber von allen überall nur „Gustav" genannt wurde und wird, nach dem Vornamen des Wirts. Auch der Trainingsplatz heißt „Gustav", ebenso wie auch der Parkplatz vor der Kneipe. Alles in Gustavs Nähe heißt „Gustav". Wenn man sich zu lange dort aufhält: Ich bin sicher, man wird auch bald „Gustav" heißen.

Da stand ich also auf dem Trainingsplatz namens „Gustav" und schämte mich. Ich war mit Abstand der jüngste von allen, ich konnte nicht Fußball spielen und ich hatte die schlimmsten Fußballschuhe der Welt an. Meine Mutter wollte nicht, dass ich Fußballer wurde. Sie war in hohem Maße pferdeverrückt; ich hatte, ebenso wie sie, mit Leidenschaft dem Reitsport frönen sollen. Meine Eltern hatten eigens zu diesem Zweck zwei Ponies für meinen Bruder und mich angeschafft. Nachdem sich schon mein großer Bruder von den Pferden ab- und dem Fußball zugewandt hatte, ruhten alle Hoffnungen meiner Mutter nun auf mir. Aber nachdem ich von den Mistviechern ständig abgeworfen worden war, weigerte ich mich einfach, aufs Pferd zu steigen.

Wie der kleine Spanier im Asterix hielt ich die Luft an, bis ich ohnmächtig wurde, nur, um nicht aufs Pferd zu müssen. Es funktionierte. Meine Mutter gab auf. Unsere Ponies wurden nun von meist hübschen Mädels aus dem Dorf geritten – auch nicht schlecht – und ich durfte Fußball spielen. Meine Mutter fuhr sogar mit mir nach Raisdorf, um Fußballschuhe zu besorgen, nicht ohne mir dabei noch eins auszuwischen. Ihre Rache für meine mangelnde Pferdeliebe war grausam. Sie kaufte für mich die billigsten No-Name-Fußballschuhe, die sie finden konnte. Ohne Schraubstollen, mit Noppen. Voll die Muttersöhnchenbolzer. Und sie kaufte auf Zuwachs. Sie meinte, meine Füße wüchsen ja so schnell, da könne sie statt Größe 37 auch gleich 42 nehmen. Es war furchtbar. Mit meinen Riesenschuhen sah ich aus wie Goofy. Ich wusste sofort, noch dort im Laden, dass ich mit diesen Schuhen niemals zum Fußballstar werden würde. Vielleicht sollte ich doch lieber reiten, dachte ich kurz, aber ich war auch stur. Und zwar nicht zu knapp.

Beim Wählen fürs Trainingsspiel wurde ich als allerletzter ausgesucht. Und dann durfte ich Linksaußen sein, allerdings ohne dass sie mir erzählten, auf welches Tor ich schießen musste. Es war eine einzige Demütigung. Meist stand ich unbeteiligt vorne links herum und spielte vor Langeweile Taschenbillard, obwohl ich damals noch nicht wusste, dass das so hieß. Bis irgendwann dicht vor dem Tor der Ball plötzlich vor meine Füße fiel. Ich wollte zu ihm gehen und ihn vor Begeisterung über diesen Zufallsfund in die Hände nehmen. Doch bevor ich mich bücken konnte, um ihn aufzuheben, trat ich mit meinen Riesenschuhen, deren Abmessungen mir noch nicht in Fleisch und Blut übergegangen waren, unbeabsichtigter Weise gegen ihn. Ein unhaltbarer Schuss. Die Jungs aus meiner Mannschaft jubelten. Instinktiv wusste ich, was zu tun war. Ich tat so, als wäre das Absicht gewesen, riss die Arme hoch und jubelte ebenfalls. Das war mein erstes Tor, 1976 bei Gustav, beim Training, erzielt mit meinen Goofy-Fußballschuhen, ganz aus Versehen. Es sollte auch für lange Zeit mein letztes Tor gewesen sein. Trotzdem war es der Beginn einer glanzvollen Karriere. Mit Sicherheit die bis dahin großartigste von ganz Wittmaaßen.

Nach einigen Wochen hatte ich mein erstes richtiges Fußballspiel. Das wunderbarste war: Mein Vater kam mit, um zuzugucken! Wir spielten natürlich bei Gustav, und ich durfte die ganze Zeit mitspielen, denn es waren nur exakt elf Kinder gekommen. Also stand ich in meinem viel zu großen gelben Trikot vorne links. Ich konnte es nicht glauben: mein Vater auf dem Fußballplatz! Die ganze Zeit guckte ich rüber zum Spielfeldrand und dachte: „Wahnsinn, mein Vater guckt zu!", während ganze Schwärme von Rapsglanzkäfern mich für ein Rapsfeld hielten, weil ich so unbeweglich dort herum stand. Bald war ich schwarz. Im gesamten Spiel hatte ich nicht einmal den Ball, aber ich winkte meinem Vater bestimmt hundert Mal. Sogar meinem Gegenspieler zwang ich ein Gespräch auf: „Ey, guck mal, mein Vater guckt zu! Super, ne?" Unglaublich, mein Vater mal nicht im Stall, sondern auf dem Fußballplatz! Er hatte nicht einmal Gummistiefel an! Er sah ganz anders aus, so in Zivil.

Wieder daheim, machte ich mir Gedanken, wie ich meine Goofy-Fußballschuhe wieder los werden konnte. Ich entwickelte einen teuflischen Plan. In einem unbeobachteten Augenblick klaute ich das Fahrtenmesser meines älteren Bruders und stach mehrfach in meine Schuhe hinein. Es sollte nach einem Unfall aussehen, aber es waren keine Profis am Werk. Ich zeigte meiner Mutter meine zerschnittenen Fußballschuhe und murmelte etwas von „Materialermüdung", ein Begriff, den ich irgendwie im Radio aufgeschnappt haben musste. Sie wurde stinkesauer und meinte, nun müsse ich eben in Gummistiefeln Fußball spielen, aber wenige Wochen später brachte sie mir dann gebrauchte Fußballschuhe mit. Sie hatten dem Freund eines Sohnes der Lebensgefährtin meines Onkels gehört und waren ihm zu klein geworden. Mein Onkel hatte ein als Tankstelle mit Autowerkstatt getarntes Stadtteilzentrum in Kiel-Diedrichsdorf. Hinter der Kasse saß die Lebensgefährtin meines Onkels, die dort die Fäden in der Hand hielt. Im Tankstellenkabuff war immer Party, und während meine Eltern dort darauf warteten, dass mein Onkel ihren rapsblütengelben Käfer reparierte, war das Gespräch irgendwie auf Fußballschuhe gekommen. Die Mutter des Freundes des Sohnes der Lebensgefährtin meines Onkels war – Zufall oder Schicksal – auch gerade im Kabuff, erzählte, dass sie noch Fußballschuhe habe, die ihr Sohn nicht mehr brauche, und gegen eine Dose selbstgebackener Plätzchen – eine Regionalwährung, die sie für alle Fälle immer im Käfer dabei zu haben pflegte – erwarb meine Mutter ein paar passende Adidas-Schraubstollenschuhe für mich. Den Namen der Schuhe weiß ich nicht mehr, aber ich erinnere mich noch, dass sie gelbe Streifen hatten, was ich, ohne mir dessen bewusst zu sein, irgendwie schwul, aber besser als gar nichts fand. Endlich hatte ich richtige Fußballschuhe!

Ich versuchte noch einmal, die Streifen weiß überzumalen, aber das sah noch scheißer aus als gelbe Streifen, also fügte ich mich meinem Schicksal und akzeptierte meine Schuhe so, wie sie waren. Und dann zog ich sie nicht mehr aus. Den ganzen kommenden Sommer machte ich alles in diesen Schuhen, die mit Aluminiumschraubstollen versehen waren. Ich sagte aber „Eisenstollen" dazu, weil es cooler klang. Ich trug die Schuhe in der Schule, im Stall, nachmittags beim Kühe holen, beim Fahrrad fahren und nicht zuletzt beim Fußballspielen. Im Haus trug ich sie als Schraubstollenpuschen. Ganz besonders liebte ich ihren Sound. Damals waren Stolpes Bürgersteige noch nicht gepflastert, also ging ich auf dem Weg zur Schule oder zum Stolper See mitten auf der Dorfstraße; denn dort war das Klackern der Eisenstollen am beeindruckendsten. Wenn ich in der Mittagshitze lässig durch das schläfrige Dorf zum See runterschlenderte, während die Häuserwände mir das Echo meiner Stollen zurückwarfen, dann fühlte ich mich wie der Held in einem Western. Zwölf Uhr mittags. Fehlten nur die durch die Straßen rollenden Tumbleweeds. Hey, ich war cool. Ich war hart wie Marmelade.

Auch der schönste Sommer geht einmal zu Ende. Auch die härtesten Eisenstollen sind irgendwann einmal abgelaufen. Als die Schule wieder begann, brachte mein großer Bruder mir aus Plön neue Stollen mit. Aufgrund des Dauerbetriebs meiner Schuhe waren inzwischen nur noch Fragmente der Eisenstollen vorhanden. Der Stollenschlüssel rutschte andauernd ab, und selbst mein Vater scheiterte in der Werkstatt, als er die große Rohrzange zu Hilfe nahm. Also setze er mich in den Käfer und fuhr mit mir zu unserem Dorfschlossermeister Uwe Stender. Der schüttelte den Kopf, grinste und bohrte dann die Stumpen aus den Gewindelöchern. Fürs erste hatte er die Schuhe gerettet, aber ich durfte sie von nun an nicht mehr anziehen, außer zum Fußball. Also begann ich, in jeder freien Minute Fußball zu spielen, nur um die Schuhe anhaben zu dürfen.

Irgendwann waren sie dann tatsächlich kaputt, und ich kriegte neue. Nagelneue. Adidas, mit weißen Streifen. Sie hießen Franz Beckenbauer, und ich begann so zu spielen wie der Kaiser. Langsam, behäbig, pomadig. Nur dass Beckenbauer trotz aller Langsamkeit, Behäbigkeit und Pomade gut war. Ich perfektionierte seinen Stil und setzte noch einen drauf; denn ich spielte schlecht. Ich wechselte direkt aus der A-Jugend zu den Alten Herren. Erst im gelben Altligatrikot – nur echt mit der Werbung des Bestattungsunternehmens auf der Brust: „Bei uns liegen Sie richtig!" – fühlte ich mich so richtig wohl. Dick und rund stehe ich vorne rum und warte auf den Ball. Die Rapsglanzkäfer mögen mich immer noch.

Requiem

Etwa einmal im Jahr
sind die Liebste und ich
nach einem Besuch im Theater
oder im Kino
und einem anschließenden Essen
schließlich mit Freunden
noch Tanzen gewesen
im Hinterhof

so hieß die Disco
die man niemals
bei Tageslicht hätte sehen mögen

aber die Musik war okay und
man konnte sich
egal wie alt und gammelig man aussah
sicher sein
dass es dort
im Hinterhof
noch Leute gab
die älter und gammeliger aussahen
als man selbst

dort zappelten Leute in Fellwesten
direkt neben Achtundsechziger-Ausdrucktänzern
und Frauen
die noch nie einen BH getragen hatten
und auch nie einen tragen würden
ganz egal
wie es herumschlenkert

sogar in Gummistiefeln
und Stallklamotten
wäre man nicht groß aufgefallen

aber das ist vorbei

denn als die Liebste und ich
neulich tanzen wollten
im Hinterhof
war er verschwunden

an seiner Stelle
fand sich ein cooler Designerclub
mit lauter Plastikgesichtern drin
und alle so unglaublich
verflucht jung

die Welt dreht sich weiter
wandelt sich

das ist okay

aber wo zum Teufel
sollen wir jetzt tanzen?

Muttermilch, Zuckerei und Rübenmus

(Die drei zentralen Gerichte meines Lebens)

Niemals würde ich die Unverfrorenheit besitzen, mich selbst als Gourmet zu bezeichnen. Allerdings wusste ich schon immer, was gut ist. Das habe ich sozusagen mit der Muttermilch eingesogen. Und am Anfang war da Muttermilch, nichts als Muttermilch.

Meine Mutter hat mich lange und ausgiebig gestillt. Es ist zwar nichts als ein bösartiges Gerücht, dass ich noch ein Säugling war, als ich schon zur Stolper Grundschule ging, und es stimmt auch nicht, dass meine Mutter in der großen Pause immer an der Schule auftauchte, um mir eine Zwischenmahlzeit zu verabreichen, aber es wäre immerhin möglich gewesen, wenn nicht ein besonderer Umstand dafür gesorgt hätte, dass meine Mutter trocken gestellt wurde, wie wir Bauern es nennen.

Denn im Alter von etwa zwanzig Monaten – ich konnte schon laufen und sprechen – musste ich ins Krankenhaus, um an einem Leistenbruch operiert zu werden. Heutzutage zieht in einem solchen Fall die ganze Familie mit in die Klinik ein, um den Aufenthalt im Krankenhaus für das kleine Würmchen möglichst angenehm und wenig traumatisch zu gestalten. Im Jahre 1969 wurde aber um aufzuschneidende Gören nicht so ein Gewese gemacht. Eltern waren im Krankenhaus ohnehin unerwünscht; die konnten nur blöde Fragen stellen. Die sollten ihr Kind abliefern und wieder abhauen. Meine Eltern hatten sowieso keine Zeit. Sie mussten in den Stall. Also brachten sie mich nach Neumünster in die Klinik und fuhren wieder weg. Das ist jetzt kein Vorwurf. Das war halt damals so.

Bis sie mich nach zwei Wochen wieder abholten, kriegte ich von Mama und Papa nichts zu sehen. Meine Eltern aber sahen mich einige Male, durch eine einseitig verspiegelte Scheibe. Besuche waren verboten. Der erneute Trennungsschmerz, so wurde argumentiert, würde mich zu sehr quälen. Also blieb ich allein im Krankenhaus, wahrscheinlich in dem Glauben, nun plötzlich Vollwaise zu sein, und diese ganzen Kinderkrankenschwestern hatten nicht einmal etwas Ordentliches zu essen für mich. Ständig wollten sie mir Brei und Brötchen andrehen, aber ich wollte nichts als Muttermilch. Wenn sie sich mir näherten, grapschte ich nach ihren Brüsten und rief: „Titti haben!" Immer wieder: „Titti haben!" Ich kann nichts dafür; so hieß das halt in unserer Familie. Hechelnd und lechzend lief ich hinter den Frauen her, schrill „Titti haben!" kreischend. Im Krankenhaus wurde ich zur Nervensäge des Jahres gewählt, aber trotzdem hatten alle ihren Spaß; denn wie ich mich zu erinnern glaube – tatsächlich ist diese Erinnerung wohl nichts als ein Produkt meiner zugegebenermaßen schmutzigen Phantasie – führten die Krankenschwestern mich gegen Zahlung eines Eintrittsgeldes, von dem ich niemals auch nur einen Pfennig sah, im Stationszimmer den Pflegern und den Ärzten vor. Sie entblößten ihre

Brüste, und ich schrie „Titti haben!" und rannte los, während die ganze Belegschaft außer sich vor Lachen auf dem Boden lag. Das fand ich fies. Irgendwo von den Eltern alleine gelassen zu werden – das war nicht so schlimm. Aber pralle Brüste zu sehen und nicht an ihnen nuckeln zu dürfen – das ist eine traumatische Erfahrung. Ich bin immer noch nicht darüber weg. Wieder und wieder muss ich es versuchen. Meine arme Frau kann ein Lied davon singen.

Als meine Eltern schließlich unerwarteter Weise doch noch kamen, um mich abzuholen, krallte ich mich in meiner Mutter erst einmal so fest, dass sie fürchtete, ich würde sie niemals mehr los lassen. Aber dann erinnerte ich mich, riss ihre Bluse entzwei und saugte und saugte. Aber es kam nichts. Diese Quelle war während meiner zweiwöchigen Abwesenheit versiegt. Mutter war abgestillt, trocken gestellt – für immer.

Plötzlich musste ich also anfangen, andere Nahrung zu mir zu nehmen. Die erste Speise, an die ich mich erinnern kann, war Zuckerei, eine traditionelle schleswig-holsteinische Süßspeise, die heutzutage aufgrund von Salmonellenängsten ausgestorben ist und die deshalb nur in den Erinnerungen von Bauerngören meiner Generation noch existiert. Zuckerei besteht aus Zucker und Ei. Eigelb, um genau zu sein. Jeden Sonntag machte meine Mutter Zuckerei für meinen Bruder und mich. Das war lecker. Aber es war nur das zweitbeste Zuckerei. Das beste gab es von Oma Kielerkamp. Und zwar nicht nur sonntags, sondern jederzeit, immer, wenn wir bei Oma und Opa waren. Nur Omas kleine, krumme Finger hatten die richtige Gichtigkeit, um dem zum Schlagen des Eigelbs verwendeten Teelöffel den richtigen Drall zu geben. Wie unglaublich wunderbar das schmeckte! Als wir größer wurden, durften wir dann bei Oma unser Zuckerei mit ihrem plörrigen Kaffee verdünnen. Eigentlich eine widerliche Vorstellung, aber selbst das schmeckte bei Oma großartig, ebenso wie ihre Sandwichkreation, die es zum Frühstück, Kaffee und Abendbrot und, wenn man wollte, sogar zum Mittag gab: Weißbrot, Butter, von Opa geimkerter Honig und obendrauf ein Stück Topfkuchen geklebt. Das war ein Mahl! Fast so gut wie Muttermilch, wie ich im Rückblick sagen muss.

Kulinarisch betrachtet, verlief mein Leben jetzt in ruhigen Bahnen. Ich aß so gut wie alles. Mein Vater sagte immer: „Eeten ward, wat opn Disch kümmt!" Und was auf den Tisch kam, das bestimmte er, wenn auch nicht direkt. Mutter machte eben immer das, was er gerne mochte. Und wir waren mitgehangen, mitgefangen, egal, was es gab. Im Herbst, wenn die Rüben reif waren, kochte Mutter oft Steckrübenmus mit Speckschwarte. Nichts gegen Rübenmus; Rübenmus fand ich klasse; denn am liebsten mochte ich, wenn mein Essen zu einem unkenntlichen Brei zermatscht war. Wenn ich schon keine Muttermilch mehr bekam, so wollte ich wenigstens immer ein Essen haben, das in seiner Zusammensetzung ähnlich homogen war. Deshalb machte ich mir die Mühe und matschte alles zu einem großen grauen Klumpen zusammen. Das konnte eine harte Arbeit sein, aber nicht bei Rübenmus. Da hatte schon jemand vorgearbeitet, und ich konnte gleich los essen.

Ich liebte Rübenmus. Wenn nur die Speckschwarte nicht gewesen wäre, die ich immer essen musste. Dieser ekelhafte Glibber! Aber Vater rief: „Stell di ni so an! Du schasst een orntlichet Stück Speck eeten! Denn bliffst du ok gesund!" Und irgendwie kriegte ich sogar manchmal die Schwarte den Schlund hinunter. Manchmal aber kam sie auch wieder hoch. Irgendwann wurde meinen Eltern das zuviel. Sie hatten ein Einsehen mit mir; das Verzehren der Schwarte wurde mir fortan frei gestellt, und ich verzichtete liebend gerne. Alternativ wurde nun grobe Brühwurst angeboten; da griff ich gerne zu, und alles war gut. Nur mein Vater maulte ein wenig, weil das Gesetz: „Eeten ward, wat opn Disch kümmt!" gebrochen war. Noch heute, wenn ich mal einen Schnupfen habe, sagt er leicht beleidigt: „Siehst woll, all wedder bist du krank! Harst du mol een orntlichet Stück Speck eeten, denn weerst ok gesund bleven. Aber du wusst ja ni hören!"

Nun, im Erwachsenenalter, haben mich all diese Gerichte meiner Kindheit wieder eingeholt. Zuckerei mache ich mir zwar nicht, und Oma ist schon lange tot, aber gelegentlich bereite ich für die ganze Familie Pfannkuchen zu. Rohen Pfannkuchenteig zu naschen ist fast so wunderbar wie Zuckerei. Aber natürlich probiere ich nur heimlich vom Teig. Unter gar keinen

Umständen dürfen die Kinder das sehen; denn rohe Eier sind ja so was von verboten. Deshalb esse ich sie ja schnell auf, um die Kinder zu schützen, und wenn die Pfannkuchen fertig sind, bin ich immer schon pappsatt, ohne dass ich weiß, woran das liegen könnte.

Rübenmus habe ich in den letzten Jahren so häufig gegessen wie noch nie. Daran sind die Landfrauen schuld. Zuvor hatte ich gar nicht gewusst, dass Rübenmus ein so traditionelles Erntedankfestessen für Landfrauen ist. Ist es aber. Seit ich als Autor und Erzähler mit meinen Geschichten vom Landleben unterwegs bin, werde ich immer häufiger zu Auftritten bei Landfrauenvereinen eingeladen. Auch und gerade und gerne zu Erntedank.

Als Referent bei Landfrauen habe ich es in der Regel recht gut. Wie Robbie Williams habe ich dort meist ein überwiegend weibliches Publikum. Das fühlt sich gut an, auch wenn bei mir nur selten Unterwäsche auf die Bühne geworfen wird. Außerdem gibt es auch oft einen kleinen Imbiss. Und saisonal bedingt – auch das finde ich wunderbar: Rübenmus gehört in die Rübenmuszeit – gibt es zu Erntedank eben dies mit Brühwurst und Schwarte, ja, leider auch Schwarte. Ein gutes Essen für große Veranstaltungen. Günstig, schmackhaft und ohne Qualitätsverlust in riesigen Mengen herstellbar. Und die Reste schmecken aufgewärmt mindestens genauso gut wie das Original.

Was ich auf meiner Never ending Tour durch Schleswig-Holstein feststellen konnte: Kein Rübenmus gleicht dem nächsten. Es gibt nicht nur feine regionale Unterschiede: Gebratene Speckwürfel mit drin, ja oder nein, grob oder fein, süß oder deftig, zart oder kräftig – der Vielfalt sind keine Grenzen gesetzt. In der Tat hat jeder Kröger seine ureigene, spezielle Rübenmuskreation im Angebot. Um mir merken zu können, wo ich welches Rübenmus in welcher Beschaffenheit zu mir genommen habe, führe ich daheim ein detailliertes Rübenmuskataster von Schleswig-Holstein. Auf der großen Karte stecken überall dort kleine Fähnchen, wo ich Rübenmus aß. Auf einer Legende daneben halte ich in kurzen Texten die Besonderheiten fest. Erst einmal – ich verrate nicht, wo – aß ich Rübenmus, das langweilig, fad und lieblos zubereitet war. Aber die Landfrauen sagten, der Kröger sei gerade von seiner Frau verlassen worden. Also sei ihm verziehen.

Schon beim Drandenken läuft mir das Wasser im Munde zusammen. Ich freue mich schon auf die nächste Rübenmuszeit. Auf all die Fähnchen, die dazu kommen. Und wenn die Saison zu Ende geht, freue ich mich, dass sie bald vorbei ist. Denn wochenlang Rübenmus ist auch eine Prüfung. Die dann nahtlos von einer noch härteren abgelöst wird: Grünkohl. Mit der gleichen Wurst, der gleichen Schwarte. Auf dass ich bald schlachtreif bin.

Fast hätte ich jetzt das dritte Gericht meiner Kindheit vergessen, das ich nun, im reifen Alter, wieder entdeckte: die Muttermilch. Einmal, ein einziges Mal, gab meine Liebste meinem Flehen und Betteln nach, in jener Zeit, als sie unseren jüngsten und letzten Sohn stillte. Ich durfte aus diesen riesigen, prallen Milchmöpsen, die Birte zu diesem Zweck immer zu entwickeln pflegte, ein wenig kosten. Sie drohte mir vorher mit dem Zeigefinger und rief wie der alte Pauker in der „Feuerzangenbowle": „Aber vergiss nicht: nur einen wönzigen Schlöck!"

Dieser wönzige Schlöck, er schmeckte wunderbar. Ich habe ihn mir genau gemerkt. Dagegen kommt kein Rübenmus an. Nirgendwo in Schleswig-Holstein. Nirgendwo auf der Welt.

Nützt ja nix!

Meine Mutter. Ein echtes Arbeitstier. Ich hab sie mir niemals in Freiheit, in Freizeit vorstellen können. Immer hatte sie zu tun. Zu ihren täglichen Tätigkeiten gehörte schon seit Beginn der Aufzeichnungen das Melken. Zwei mal täglich, morgens und abends. Erst im letzten Jahr, mit 74, hat sie nach einer ziemlich komplizierten Bandscheibenoperation mit dem regelmäßigen Melken aufgehört. Jetzt macht sie es nur noch manchmal, zum Spaß sozusagen.

Das Melken war Mudder so in Fleisch und Blut übergegangen, dass sie rechtzeitig zum Melken, egal ob morgens oder abends, von einer plötzlichen Unruhe erfasst wurde, die sie nicht mehr still sitzen bleiben ließ. Wenn sie einmal nachmittags irgendwo zur Kaffeetafel eingeladen war, fing sie spätestens um viertel nach vier an, auf ihrem Stuhl herumzuhampeln. Sie kämpfte dagegen an, so gut sie konnte, sie wippte mit den Füßen, ließ immer wieder ihre Fingerknochen knacken und pulte sich unauffällig Hornhautreste von den Schwielen ihrer Hände, bis sie es endlich nicht mehr aushielt. Sie rief dann: „Nützt ja nix!", sprang auf, stürzte zum Auto und raste mit Vollgas nach Hause, um endlich wieder melken zu können. Zehn bis zwölf Stunden Abstinenz konnte sie ertragen, dann war es Zeit für einen neuen Schuss.

Als ich noch ein Kind war, hatte es immer mal wieder vage Pläne gegeben, einen Familienurlaub zu machen. Dazu gekommen ist es nie. Vorgeschoben wurden immer wieder neue Argumente wie etwa: Wir haben niemanden, der die Arbeit macht. Oder: Wir müssen noch Heu bzw. Stroh bzw. Grassilo machen. Oder: Wir müssen noch Mais häckseln. Oder, am schönsten: Die Kühe halten es ohne uns nicht aus.

In Wahrheit hielt meine Mutter es nicht ohne Kühe aus, und im Rückblick betrachtet wären die einzig möglichen Familienferien für uns Urlaubstage auf dem Bauernhof gewesen. Meine Mutter hätte dort soviel melken können, wie sie wollte. Was für ein Urlaub: Statt zuhause zu melken, um Geld zu verdienen, hätte sie im Urlaub bezahlt, um melken zu dürfen. So gesehen war es vielleicht doch gar nicht unschlau, auf einen Familienurlaub zu verzichten.

Ich war fünfzehn, als ich dann zum ersten Mal alleine weg fuhr. Und inzwischen war ich so froh, dass meine Eltern nicht dabei waren. Sollte Mudder doch melken, sollte Vadder doch misten. Ich wollte mir die Welt angucken. Mit zwei Freunden machte ich eine dreitägige Fahrradtour durch den Kreis Plön. Wow!

Nachdem meine Eltern im Mai 1962 geheiratet hatten, machten sie im Herbst desselben Jahres eine einwöchige verspätete Hochzeitsreise nach Zürich, wo meine Mutter zuvor einige Jahre lang als Hauswirtschafterin gearbeitet hatte, ganz ohne zu melken übrigens. Wie sie das ausgehalten hatte, weiß ich nicht. Sie selbst wahrscheinlich auch nicht.

Zurück aus Zürich, blieben meine Eltern daheim

und molken. Zwei mal täglich, zweiundzwanzig Jahre lang, bis sie im Winter 1984 zum ersten mal wieder für einige Tage lang weg fuhren. Mit Raiffeisen Hage Technik zum Fendt-Werk nach Marktoberdorf, zusammen mit einem ganzen Bus voller Bäuerinnen und Bauern, die auch endlich mal wieder raus kamen aus der Scheiße zuhaus. Es soll hoch her gegangen sein auf dieser Reise, feucht und fröhlich.

Vier Tage weg von zuhaus, acht Melkzeiten lang. Mudders Unruhe muss grenzenlos gewesen sein. Wippwippwipp, hippelhippel, steh auf, setz hin, knochenknack, hornhautpul, steh auf, setz hin, hippelhippel, wippwippwipp. Es ist ein unbestätigtes Gerücht, dass sie den Entzug am dritten Tag einfach nicht mehr ertragen konnte. Die Reisegruppe fuhr gerade mit dem Bus durchs Allgäu, und es war später Nachmittag, Melkzeit.

Ich kann mir gut vorstellen, was dann geschah. Sie kamen an einem Bauernhof vorbei; im Stall war schon Licht an, und mit vorgehaltenem Regenschirm und bedrohlich geschwungener Handtasche zwang Mudder den Busfahrer zur Vollbremsung. Dann sprang sie aus dem Bus, rief ihren Kampfruf „Nütz ja nix!", lief quer über den Bauernhof zum Kuhstall, schubste den verdutzten heimischen Bauern aus dem Weg und hockte sich zum Melken unter die nächstbeste Kuh. Sie atmete tief durch – endlich wieder Kühe, endlich wieder Jauche, endlich wieder Mist – und molk in Ruhe die ganzen Kühe im Stall, dem Vernehmen nach sogar die Trockensteher, während eine Busladung voller Bäuerinnen und Bauern auf Mudder warten musste.

Als sie nach einer Stunde in den Bus zurück kam, ganz entspannt, mit einem zufriedenen Lächeln im Gesicht, sagte sie zur Erklärung nur zwei kurze Sätze: „Das tat gut!" Und: „Nütz ja nix!"

Wie gesagt: Es ist ein Gerücht, und ich weiß nicht, ob die Geschichte stimmt. Aber haargenau so könnte es passiert sein.

Westküste

Flachland
Wind
Bäume und Büsche
schief
Straße und Graben
gerade

dahinter Zaun
Eichenspaltpfähle
Stacheldraht
wie es sich gehört

und Windräder
die sich während des Vorbeifahrens
gegeneinander verschieben
wie Birken
die nicht allein stehen
sondern zu vielen
im Wald

Kühe auch
wozu sonst der Zaun
mehrere Kühe
viele Kühe
hinter Eichenspaltpfählen
und Stacheldraht

nicht zuletzt
Mais
leider
viel zu viel Mais
wie überall

Heimat
irgendwie
obwohl ich nicht von hier bin

eine Landschaft
die nicht schön ist
aber echt

Peinlich, peinlich

Es ist mir noch sehr präsent, wie ungeheuer peinlich mir meine Eltern erschienen, als ich ein Teenager war. Das fing schon mit dem Auto an. Jeder ordentliche Bauer fuhr einen Mercedes 200 D. Meine Eltern aber hatten einen alten rapsblütengelben Käfer. Der war eng, dreckig und stank innen drin sehr intensiv nach Kuh, was ich allerdings nicht riechen konnte, denn das war der normale, mich überall umgebende Alltagsgeruch.

Unsere weiterführende Schule war in der Kreisstadt, in Plön. Wegen der schlechten Busverbindungen wurden zwei Schulkollegen und ich samstags immer umschichtig von unseren Eltern abgeholt. Jedes Mal, wenn meine Mutter mit der Tour dran war, machten meine Kumpels schon vorher ein großes Drama daraus. Sie verdrehten die Augen, wenn der Käfer um die Ecke kam, und faselten etwas davon, sie müssten jetzt achtzehn Kilometer weit die Luft anhalten. Und Hinschi, dessen Vater Schweinebauer war, erzählte mir wieder und wieder, wie angenehm Schweine doch röchen im Vergleich zu Kühen. Das war damals schon Quatsch, aber Hinschi war älter und cool, also wagte ich nicht zu widersprechen.

Heftige Ausschläge auf der nach oben offenen Peinlichkeitsskala gab es einige Jahre später immer, wenn ich mich mit meiner Clique bei mir traf, bevor wir abends ausgingen. Wir saßen dann oft in der Küche und ließen den Abend ruhig bei einem Holsten Edel und einer Runde Besucherzigaretten, meistens Ernte 23, angehen. Wenn meine Eltern an einem solchen Abend auch etwas vorhatten, dann liefen sie nach dem Duschen immer in Unterwäsche vom Badezimmer an uns vorbei durch die Küche ins Schlafzimmer, um sich schick zu machen. Das war immer ein Moment, in welchem ich gerne vom Erdboden verschluckt worden wäre. Besonders die Unterwäsche meines Vaters war der Knaller. Ein weißes Feinripp-Unterhemd und eine gewaltig riesige Unterhose, die von den Knien bis zu den Brustwarzen ging, natürlich mit Eingriff, der in der Regel so ausgeleiert war, dass er nicht nur Eingriff, sondern auch Einblick war. Vadder marschierte dessen ungeachtet durch die Küche, nicht ohne noch einmal stehen zu bleiben, meine Kumpels zu begrüßen, einen lockeren Spruch und seine charakteristische Lache zu verlieren: „Na, Hinschi, hast die Schweine schon satt und zu Bett?" Währenddessen konnte man alles – ich schwöre – wirklich alles sehen. Kaum war Vadder dann Richtung Schlafzimmer weiter gewandert, brachen meine Freunde in einen kollektiven Lachanfall aus; nur ich hätte sterben mögen vor Scham. Es war so ziemlich bei allen von uns das gleiche, auch wenn wir niemals drüber sprachen: Die Eltern der Freunde fand man cool, witzig und skurril, die eigenen peinlich, doof und scheiße.

Das ist jetzt ein rundes Vierteljahrhundert her. Jetzt bin ich auch schon über vierzig, und ich habe drei

Kinder im Teenageralter. Unsere Älteste ist 16; unsere Zwillinge sind 14. Dass ich ihnen peinlich sein könnte, damit habe ich nie gerechnet. Dass meine Eltern mir peinlich waren, das war normal. Schließlich waren sie nach den allgemein gültigen Kriterien meiner objektiven Betrachtungsweise tatsächlich und definitiv peinlich. Dass ich meinen Kindern peinlich bin, ist allerdings ein Skandal. Schließlich bin ich nach den allgemein gültigen Kriterien meiner objektiven Betrachtungsweise tatsächlich und definitiv cool. Und witzig. Meinetwegen auch skurril.

Und tatsächlich war es früher eher so, dass meine Kinder stolz auf mich waren und sich freuten, dass sie von einem Bauernhof kamen. Unsere älteste Tochter Marie, die mir früher immer sehr kreative Spitznamen zu geben pflegte – eine Zeitlang nannte sie mich entweder „Verkunkselter Oxel" oder „Veroxelter Kunksel" – drohte im Kindergarten und in den ersten Jahren der Grundschule einem Jungen, der sie immer ärgerte: „Hör auf, sonst kommt mein Papa mit unserem großen Bullen und der schubst dich um!" Oder, wenn er immer noch keine Ruhe gab: „Letzte Warnung! Hör jetzt auf, sonst kommt mein Papa und spritzt dich mit Gülle voll!" Das half.

Einmal, als ich Marie morgens mit dem Trecker durch noch nicht geräumte Schneewehen auf der Dorfstraße zur Schule fuhr, sammelten wir einen Jungen aus ihrer Klasse ein, der zu Fuß unterwegs war. Stolz wie Oskar saß er auf dem Beifahrersitz und rief: „Boah, cool, ich fahr zum ersten Mal Trecker und werd gleich damit zur Schule gefahren! Marie, bist du schon oft mit dem Trecker zur Schule gebracht worden?" Und Marie sagte beiläufig: „Klar. Schon tausend Mal." Und sie lächelte.

Doch die Zeiten haben sich geändert. Schon vor einiger Zeit stellte ich fest, dass meine Bücher meinen Kindern jedenfalls zum Teil unangenehm sind. Immer labern sie rum über meine „perversen Geschichten", die ihnen voll peinlich seien. Gut, das kann ich verstehen. Viele meiner Texte empfände ich wohl selbst als seltsam, wenn ich in der Beziehung nicht so wunderbar schmerzlos wäre.

Aber andere Dinge kommen hinzu. Hartnäckig halten sich in der nichtlandwirtschaftlichen Jugend Vorurteile über die angebliche Rückständigkeit von Bauernfamilien. So schrieb ein Mitschüler meiner Tochter neulich im Chat bei Schüler-VZ: „Ihr auf eurem Bauernhof habt doch bestimmt noch nicht einmal Internet!" Und viel genauer als ich früher achten meine Kinder immer darauf, nicht nach Kuh zu stinken. Zur Not, das muss man sich einmal vorstellen, duschen sie sogar vor dem Sport!

Weiterhin ist erwähnenswert, dass wir jetzt mit unseren Kindern in dem gleichen Haus leben, in welchem auch ich aufgewachsen bin. Das Badezimmer ist immer noch das Badezimmer; die Küche ist immer noch die Küche; das Schlafzimmer von Birte und mir war früher das Schlafzimmer meiner Eltern. Und hässliche Unterhosen sind immer noch hässliche Unterhosen. Wenn unsere Kinder jetzt mit ihren Freunden in der Küche sitzen und ich stürme grinsend und sprücheklopfend, mich an einem seltsamen Deja-vu erfreuend, in meinen Liebestötern an ihnen vorbei – allerdings ohne Eingriff, das muss ich betonen – , dann freuen sich die Freunde, und unsere lieben gar nicht mehr so Kleinen schämen sich.

Als ich neulich die drei Großen von der Schule abholen wollte, weil ich gerade zur rechten Zeit durch Plön fuhr, allerdings in Gummistiefeln und Stallklamotten, mit zwei Kühen im Viehanhänger, da sagten sie: „Schön, dass du uns abholen willst. Aber die Schulstraße ist doch so eng. Du kannst in der Nebenstraße sicher viel besser parken, oder?" „Quatsch!", meinte ich, vor Selbstbewusstsein strotzend: „Das ist zwar eng, aber ich kann fahren. Ich steh dann um eins vor der Schule, okay?" „Äh, Papa, wir fahren doch lieber mit dem Bus. Da können wir mit unseren Freunden noch schön Karten spielen!"

Langsam verstand ich. Sie wollten nicht mit einem stinkenden Viehtransporter in Verbindung gebracht werden, nicht mit einem stinkenden Bauern, nicht mit mir. Ich bin peinlich. Peinlich, doof und scheiße. Das ist wohl normal, und ich kann es sogar nachvollziehen, aber es fühlt sich nicht gut an. Jedenfalls nicht besonders gut.

Bibliographische Notiz

„Der kleine Traktorist" erschien erstmals im Magazin „Lebensart – Das kostenlose Monatsmagazin für Schleswig-Holstein", September 2008, und wurde für die Buchausgabe überarbeitet.

„Muttermilch, Zuckerei und Rübenmus" erschien erstmals in „Mohltied – Das Besseresser-Magazin", Ausgabe 2008, und wurde für die Buchausgabe ebenfalls leicht überarbeitet.

Einige andere Texte erschienen zuerst in der „Unabhängigen Bauernstimme". Die jeder Bauer und jede Bäuerin lesen sollte.

Wie immer gilt: Alles ist erfunden. Nichts von alledem ist war. Ähnlichkeiten zu irgendwem sind rein zufällig.

Es geht manchmal um den Tod in diesem Buch. Aber keine Angst! Es ist nur das Leben!

ABL Bauernblatt Verlags GmbH
Bahnhofstaße 31
59065 Hamm
Telefon 02381/492288
Fax 02381/492221

email: verlag@bauernstimme.de
Internet: www.bauernstimme.de

Satzherstellung: Vera Thiel, Hamm
Umschlaggestaltung: Anja Wendlandt, Siebeneichen
Druck: Druck Thiebes GmbH, Hagen

Edition Bauernstimme
ISBN: 978-3-930 413-39-3
1. Auflage 01 - 3000
Hamm, Januar 2010

Mehr Geschichten und Gedichte von
Matthias Stührwoldt finden Sie in folgenden
Büchern des ABL Verlages:

Verliebt Trecker fahren

Der Wollmützenmann

Schubkarrenrennen

Aus dem Moor

„So stellt sich das ARD-Hauptstadtstudio den
Agrarwende-Bauern vor: Jung dynamisch, ent-
schlussfreudig und durchgreifend, sein O-Ton
ist kurz, knackig, kompetent. Wunderbar, wie
Bio-Bauer Matthias Stührwoldt die Dümmlich-
keiten der Medienwelt auf die Hörner nimmt und
vergnügliche, versöhnliche und verständnisvolle
Geschichten vom Land erzählt. Der Leser versteht
nach wenigen Anekdoten wie der Autor lieben
lernte, Bauer zu sein und fühlt sich dank der
lebendigen Erzählungen mitten auf seinem Hof!"

Stefan Börnecke, Frankfurter Rundschau

Live-Mitschnitte seiner Lesungen sind im
ABL Verlag auf den folgenden CD's erschienen:

Ein Bauer erzählt

Die Autobahn 10:00
Mudder im Modder 6:07
Biogas Paranoia-Blues 0:54
Meine Familie 13:48
Der kleine Traktorist 4:49
Unsere Küche 12:16
Ferkelkastrieren 8:16
Als Mudders Heu warm geworden war 9:04
Kein schöner Land 8:18
Gut für ein Lächeln 2:26

Live im Lutterbecker

Moin 1:10
Verliebt Trecker fahren 7:10
Totengräber 12:37
Eine Liebesgeschichte 3:16
Opa zur Sonne 11:49
Sonntagmorgen 1:31
Besuch vom Fernsehen 12:49
Nacktbaden bei Neumond 16:15
Bäuerliche Badezimmer 5:59
Aufzählung 1:18